AS HORAS

MICHAEL CUNNINGHAM

AS HORAS

Tradução
Beth Vieira

COMPANHIA DE BOLSO

Copyright © 1998 by Michael Cunningham
Proibida a venda em Portugal.

Grafia atualizada segundo o Acordo Ortográfico da Língua Portuguesa de 1990, que entrou em vigor no Brasil em 2009.

Capa
Jeff Fisher

Título original
The Hours

Preparação
Silvana Afram

Revisão
Renato Potenza Rodrigues
Paula Queiroz

Dados Internacionais de Catalogação na Publicação (CIP)
(Câmara Brasileira do Livro, SP, Brasil)

Cunningham, Michael
  As horas / Michael Cunningham ; tradução Beth Vieira. —
1ª ed. — São Paulo : Companhia de Bolso, 2022.

  Título original: The Hours
  ISBN 978-65-5921-171-5

  1. Ficção norte-americana. I. Título.

22-109461   CDD-813

Índice para catálogo sistemático:
1. Ficção : Literatura norte-americana 813

Cibele Maria Dias – Bibliotecária – CRB-8/9427

2022

Todos os direitos desta edição reservados à
EDITORA SCHWARCZ S.A.
Rua Bandeira Paulista, 702, cj. 32
04532-002 — São Paulo — SP
Telefone: (11) 3707-3500
www.companhiadasletras.com.br
www.blogdacompanhia.com.br

Este livro é para Ken Corbett

Procuraremos um terceiro tigre.
Como os outros, este será uma forma
De meu sonho, um sistema de palavras
Humanas, não o tigre vertebrado
Que, para além dessas mitologias,
Pisa a terra. Sei disso, mas algo
Me impõe esta aventura indefinida,
Insensata e antiga, e persevero
Em procurar pelo tempo da tarde
O outro tigre, o que não está no verso.[*]
J. L. BORGES, "O outro tigre", 1960

Não tenho tempo para descrever meus planos. Eu deveria falar muito sobre As Horas e o que descobri; como escavo lindas cavernas por trás das personagens; acho que isso me dá exatamente o que quero; humanidade, humor, profundidade. A ideia é que as cavernas se comuniquem e venham à tona.
VIRGINIA WOOLF, anotação de diário,
30 de agosto de 1923

---

[*] Tradução de Josely Vianna Baptista (Jorge Luis Borges, *Obras completas*, vol. 2. São Paulo, Editora Globo, 1999). (N. E.)

PRÓLOGO

ELA SAI APRESSADA DE CASA, vestida com um casaco pesado demais para a época do ano. Estamos em 1941. Há uma outra guerra em andamento. Deixou um bilhete para Leonard, outro para Vanessa. Caminha decidida em direção ao rio, certa daquilo que fará, mas mesmo assim um tanto distraída, observando as colinas, a igreja e um grupo de carneiros, incandescentes, matizados por um vago tom cor de enxofre, que pastam sob o céu enfarruscado. Para, vendo os carneiros e o céu, depois retoma o caminho. As vozes murmuram atrás dela; bombardeiros zumbem no alto, ainda que procure os aviões e não os veja. Passa por um dos empregados da fazenda (seria John, o seu nome?), um homem robusto, de cabeça pequena, que usa uma camisa cor de batata e limpa um rego entre os chorões. Ele ergue os olhos para ela, faz um gesto de cabeça, baixa a vista de novo para a água pardacenta. Ao cruzar com ele, a caminho do rio, pensa em como é bem-sucedido, no quanto é feliz ao limpar um rego que corre entre chorões. Ela mesma fracassou. Não é escritora coisa nenhuma, não de verdade; é apenas uma excêntrica bem-dotada. Pedaços de céu brilham nas poças deixadas pela chuva da noite anterior. Seus sapatos afundam ligeiramente na terra fofa. Ela fracassou, e agora as vozes voltaram, resmungando de modo indistinto bem atrás de seu campo de visão, atrás dela, aqui, não, basta virar que elas somem e vão para um outro canto. As vozes estão de volta e a dor de cabeça se aproxima, tão certa quanto a chuva, a dor de cabeça que vai esmagar seja lá o que ela for e tomar o seu lugar. A dor de cabeça aproxima-se e parece que os bombardeiros (está ou não invocando todos eles, ela mesma?) surgiram de novo no céu. Chega à ribanceira, sobe e desce de novo até o rio. Há um pescador mais acima, lá longe, mas ele não vai notá-la, vai? Começa a procurar uma pedra.

Trabalha depressa, mas com método, como se estivesse seguindo uma receita que tem de ser obedecida escrupulosamente para que dê certo. Escolhe uma, mais ou menos do tamanho e da forma de uma cabeça de porco. No momento em que vai erguê-la do chão e enfiá-la num dos bolsos do casaco (a gola de pelo faz cócegas em seu pescoço), nota, não pode evitá-lo, a frieza de giz da pedra e sua cor, de um marrom leitoso, com manchas esverdeadas. Para perto da beira do rio, que lambe a margem, preenchendo as pequenas reentrâncias de lama com uma água muito limpa, que poderia muito bem ser uma outra substância, inteiramente diversa daquela coisa amarelada, parda, sarapintada, de aspecto tão sólido quanto uma rua, que se estende uniforme de uma margem à outra. Ela se adianta. Não tira os sapatos. A água está fria, mas não insuportavelmente fria. Para, a água fria até os joelhos. Pensa em Leonard. Pensa em suas mãos e em sua barba, nos sulcos profundos em volta da boca. Pensa em Vanessa, nas crianças, em Vita e Ethel: são tantos. Todos eles fracassaram, não fracassaram? De repente sente uma pena imensa deles. Imagina-se dando meia-volta, tirando a pedra do bolso, voltando para casa. Com certeza ainda teria tempo de destruir os bilhetes. Podia continuar vivendo; podia praticar essa bondade final. Parada com água até os joelhos, decide que não. As vozes estão aqui, a dor de cabeça está vindo e, se ela se entregar de novo aos cuidados de Leonard e Vanessa, eles não a deixarão partir outra vez, não é mesmo? Decide insistir para que eles a deixem ir. Continua desajeitadamente (o fundo é lamacento) até ficar com água pela cintura. Olha de relance para o pescador, que usa um paletó vermelho e não a vê. A superfície amarela do rio (mais amarela do que marrom, quando vista assim tão de perto) reflete o céu lodosamente. Eis aqui, então, o último momento de percepção verdadeira, um homem de paletó vermelho pescando e um céu nublado refletido em água opaca. Quase involuntariamente (parece involuntário, para ela), avança ou tropeça alguns passos à frente e a pedra a puxa para baixo. Por instantes, ainda, não parece nada; parece um outro fracasso; apenas água gelada da qual pode sair facilmente, nadando; mas nisso a correnteza a envolve e a leva com uma força tão repentina e vigorosa que a impressão é a de que um homem muito forte surgiu do fundo, agarrou suas pernas e segurou-as de encontro ao peito. Parece algo pessoal.

Mais de uma hora depois, o marido retorna do jardim e entra em casa. "Madame saiu", diz a empregada, ajeitando uma almofada surrada que provoca uma minitempestade de plumas. "Ela disse que voltava logo."

Leonard sobe até a sala de estar para ouvir o noticiário. Encontra um envelope azul, endereçado a ele, sobre a mesa. Dentro, há uma carta.

Queridíssimo,
Tenho certeza de que estou ficando
louca outra vez: sinto que não podemos
passar por
mais uma dessas temporadas terríveis.
E desta vez eu não vou me recuperar. Começo
a ouvir vozes e não consigo me concentrar.
Por isso estou fazendo o que parece ser o melhor a fazer. Você
me deu
toda a felicidade que eu poderia ter. Você
tem sido, sob todos os aspectos, tudo o que alguém
podia ser. Não creio que pudesse haver no mundo duas
pessoas mais felizes, até
que veio essa doença terrível. Não posso
mais combatê-la, sei que estou
estragando sua vida, que sem mim você
poderia trabalhar. E vai, eu sei.
Você vê que nem estou conseguindo escrever isso direito. Eu
não consigo ler. O que eu quero dizer é que
devo toda a felicidade que tive na vida a você.
Você foi imensamente paciente comigo e
tremendamente bom. Eu quero dizer isso —
e todo mundo sabe. Se alguém pudesse
ter me salvado, esse alguém teria sido você.

*Tudo o que eu tinha se foi, exceto a
certeza de sua bondade. Eu
não posso continuar estragando sua vida. Não creio que duas
pessoas
poderiam ter sido mais felizes do que nós fomos.
V.*

Leonard sai às pressas da sala, desce as escadas. Diz para a empregada: "Acho que aconteceu alguma coisa com a sra. Woolf. Receio que ela possa ter tentado se matar. Em que direção ela foi? Você a viu saindo de casa?".

A empregada, em pânico, começa a chorar. Leonard sai correndo e vai para o rio, passando pela igreja, pelas ovelhas, pelos chorões. Na margem, não encontra ninguém, exceto um homem de paletó vermelho, pescando.

Rápida, a corrente a leva. Ela parece estar voando, uma figura fantástica, os cabelos soltos, a aba do casaco enfunada atrás. Flutua, pesada, por entre hastes de luz marrom, granular. Não vai muito longe. Seus pés (os sapatos se foram) batem de vez em quando no fundo e, quando o fazem, convocam uma nuvem indolente de sujeira, povoada por silhuetas negras de esqueletos de folhas que param quase imóveis na água, depois que ela some de vista. Fiapos de mato de um verde quase negro enroscam em seu cabelo e no pelo do casaco e, por instantes, um chumaço grosso de capim lhe tampa os olhos, depois acaba se soltando e sai flutuando, torcendo-se, destorcendo-se e retorcendo-se.

Por fim, acaba parando num dos pilares da ponte de Southease. A correnteza a empurra, ataca, mas ela está presa bem firme na base da coluna quadrada, atarracada, de costas para o rio e de cara para a pedra. Enrodilha-se em volta, um braço dobrado sobre o peito e o outro boiando acima da curva do quadril. Um pouco acima dela está a superfície ondeada, brilhante. O céu se reflete incerto ali, branco e pesado de nuvens, cruzado pelo recorte negro da silhueta das gralhas. Carros e caminhões trovejam sobre a ponte. Um menino pequeno, não mais que três anos de idade, cruza a ponte com a mãe, para na grade, agacha-se e enfia entre as frestas o pauzinho que vinha carregando, para que caia na água. A mãe o chama, mas ele insiste em ficar um pouco mais, vendo o pauzinho ser levado pela correnteza.

Ei-los então, num dia no começo da Segunda Guerra Mundial: o menino e sua mãe sobre a ponte, o pauzinho flutuando pela superfície da água e o corpo no fundo do rio, como se Virginia estivesse sonhando com a superfície, o pauzinho, o menino, a mãe, o céu e as gralhas. Um caminhão verde-oliva cruza a ponte, carregado de soldados fardados, que acenam para o menino que acabou de derrubar o pauzinho. Ele acena de volta. E exige que a mãe o pegue no colo, para que possa ver melhor os soldados; para ficar mais visível. Tudo isso entra na ponte, ressoa através de suas madeiras e pedras e entra no corpo de Virginia. Seu rosto, comprimido de lado contra o pilar, absorve tudo: o caminhão e os soldados, a mãe e o filho.

MRS. DALLOWAY

AINDA É PRECISO COMPRAR AS FLORES. Clarissa finge-se irritada (embora adore tarefas como essa), deixa Sally limpando o banheiro e sai correndo, com a promessa de voltar em meia hora.

Estamos em Nova York. No final do século XX.

A porta do vestíbulo abre-se para uma manhã de junho tão clara e pura que Clarissa para na soleira, como teria parado na beira de uma piscina para ver a água turquesa roçando nos ladrilhos, as redes líquidas de sol tremulando nas funduras azuis. Como se tivesse parado na beira de uma piscina, ela adia uns instantes o momento do mergulho, a rápida membrana gelada, o simples choque da imersão. Em sua balbúrdia, em sua inflexível decrepitude pardacenta, em seu declínio infindável, Nova York acaba sempre produzindo algumas dessas manhãs de verão; manhãs invadidas de todos os lados por uma afirmação tão inegável de vida nova que chega a ser cômico, como uma personagem de desenho animado que sofre punições tenebrosas, intermináveis, e sempre emerge intacta, sem marcas, pronta para mais provações. De novo, neste mês de junho, as árvores ao longo da West Tenth Street produziram folhas pequenas e perfeitas dentro dos quadrados de terra onde crescem, forrados de cocô de cachorro e restos de embalagens. De novo, na jardineira da velha que mora ao lado, cheia como sempre de gerânios de plástico vermelho e desbotado espetados dentro, brotou um dente-de-leão zombeteiro.

Que emoção, que choque, estar viva numa manhã de junho, próspera, quase escandalosamente privilegiada, incumbida de uma tarefa simples. Ela, Clarissa Vaughan, uma pessoa comum (nesta idade, para que se dar ao trabalho de negá-lo?), precisa comprar flores e dar uma festa. Ao descer a escada do vestíbulo,

sente o contato arenoso de seu sapato com a pedra marrom-
-avermelhada, incrustada de mica, do primeiro degrau. Está
com cinquenta e dois anos, só cinquenta e dois, gozando de
uma saúde quase anormalmente boa. Sente-se tão bem quanto
naquele dia, em Wellfleet, aos dezoito anos, saindo pelas portas
de vidro para um dia muito semelhante a este, limpo, tão claro
que quase doía, exuberante, fecundo. Havia libélulas zigueza-
gueando entre as taboas. Havia um cheiro de mato, acirrado
pela seiva dos pinheiros. Richard chegou por trás, pôs a mão
em seu ombro e disse: "Ora, ora, como estamos, Mrs. Dalloway". O nome Mrs. Dalloway fora ideia de Richard — um ca-
pricho fantasioso inventado numa noite regada a álcool, no
dormitório da faculdade. Ele lhe garantira que Vaughan não
era o nome apropriado e que ela deveria ter o mesmo nome de
uma das grandes personagens da literatura. Embora tivesse de-
fendido a ideia de uma Isabel Archer ou Anna Karenina, Richard insistira em que Mrs. Dalloway era a única e óbvia escolha. Havia a questão de seu primeiro nome, um sinal patente
demais para se ignorar e, mais importante, a questão maior do
destino. Ela, Clarissa, evidentemente não estava destinada a
um casamento desastroso ou a morrer sob as rodas de um trem.
Estava destinada ao charme, à prosperidade. De modo que tinha
que ser, e foi, Mrs. Dalloway. "Não está lindo?", Mrs. Dalloway
perguntara a Richard naquela manhã. Ele respondera: "A beleza é uma puta, eu prefiro o dinheiro". Ele preferia a sagacidade.
Clarissa, sendo a mais nova e a única mulher, sentiu que podia
se dar ao luxo de um certo sentimentalismo. Se era final de junho, ela e Richard seriam amantes. Já estaria fazendo quase um
mês inteiro que Richard abandonara a cama de Louis (Louis, a
fantasia da beleza rústica feita realidade, a corporificação da
carnalidade preguiçosa) e passara para a sua.

"Acontece que eu gosto da beleza", ela dissera. Erguendo a
mão dele de seu ombro, mordera-lhe a ponta do dedo indicador,
um pouco mais forte do que o pretendido. Ela tinha dezoito
anos, um novo nome. Podia fazer o que quisesse.

Os sapatos de Clarissa produzem sons suaves de lixa enquanto ela desce as escadas, a caminho da floricultura. Por que não se sente mais soturna com a cruel concomitância entre a boa estrela de Richard ("uma voz angustiada e profética nas letras americanas") e seu declínio ("Você não tem nenhuma célula T, pelo menos até onde pudemos verificar")? O que há de errado com ela? Ama Richard, pensa nele o tempo todo, mas talvez ame o dia um pouco mais. Ama a West Tenth Street numa manhã banal de verão. Sente-se como uma viúva devassa, os cabelos recém-oxigenados por baixo do véu negro, de olho pregado nos homens disponíveis presentes no velório do marido. Dos três — Louis, Richard e Clarissa —, Clarissa foi sempre a mais empedernida e a mais sujeita a romances. Durante mais de trinta anos, implicaram com ela por causa do assunto; decidira, já fazia muito tempo, entregar os pontos e apreciar suas próprias reações voluptuosas e indisciplinadas, que, como dizia Richard, costumavam ser tão maldosas e apaixonadas quanto aquelas vindas de uma criança especialmente irritante e precoce. Ela sabe que um poeta como Richard transitaria severo por aquela mesma manhã, editando, descartando a feiura incidental junto com a beleza incidental, procurando a verdade econômica e histórica por trás das velhas casas de tijolo aparente, das austeras complicações de pedra da igreja episcopal e do homem de meia-idade magro que passeia com seu terrier Jack Russell (de repente estão por toda parte, pela Fifth Avenue inteira, esses cãezinhos irrequietos, de pernas tortas), ao passo que ela, Clarissa, simplesmente tem prazer em olhar, sem nenhum motivo, as casas, a igreja, o homem e o cachorro. É infantil, ela sabe. Falta agudeza. Se fosse expressá-lo publicamente (agora, na sua idade), esse amor a deixaria confinada ao reino dos tolos e simplórios, dos cristãos com violões acústicos ou das mulheres cordatas que optam por continuar sendo teúdas e manteúdas em troca da inocuidade. Todavia esse amor indiscriminado lhe parece totalmente sério, como se tudo no mundo fizesse parte de uma vasta e inescrutável intenção e tudo no mundo tivesse seu próprio nome secreto, um nome que não pode ser transmitido por nenhuma linguagem e que é simplesmente a visão e a sensação da própria coisa. Esse fascínio sólido e permanente é o que considera como sendo sua alma (palavra constrangedora, sentimental, mas de que outra forma chamá--la?); a parte que talvez, quem sabe, sobreviva à morte do corpo. Clarissa nunca comenta com ninguém essas coisas. Ela não se entusiasma nem faz alarde. Exclama apenas diante das manifestações mais óbvias da beleza e mesmo então mantém uma certa dose de decoro adulto. A beleza é uma puta, ela diz às vezes. Eu prefiro o dinheiro.

Essa noite dará sua festa. Encherá as salas de seu apartamento de comida e flores, com gente espirituosa e influente. Vai acompanhar Richard o tempo todo, providenciar para que não se canse demais e, depois, vai levá-lo para receber seu prêmio.

Endireita os ombros, parada na esquina da Eighth Street com a Fifth Avenue, esperando o farol. Ei-la, pensa consigo mesmo Willie Bass, que às vezes cruza com ela de manhã cedo, bem nesse ponto. A antiga beldade, a velha hippie, o cabelo ainda comprido e desafiadoramente grisalho, fazendo suas compras matinais de calça jeans, camisa masculina de algodão, calçada com algum tipo de sandália étnica (Índia? América Central?). Ainda conserva certa sensualidade; certo charme boêmio, de bruxa boa; no entanto, nessa manhã constitui uma visão trágica, parada muito ereta em seu camisão e sapatos exóticos, resistindo ao repuxo da gravidade, um mamute fêmea afundado até os joelhos no piche, descansando entre um esforço e outro, de pé, volumosa e altiva, quase despreocupada, fingindo contemplar o capim tenro à sua espera na outra margem mas ciente, não há dúvida, de que continuará ali, presa sozinha na armadilha, depois que escurecer e os chacais saírem à caça. Ela espera paciente o farol. Deve ter sido espetacular, vinte e cinco anos atrás; os homens devem ter morrido felizes em seus braços. Willie Bass tem orgulho de sua capacidade de destrinçar a história de um rosto; de entender que aqueles que hoje são velhos já foram jovens um dia. O farol muda e ela segue em frente.

Clarissa atravessa a Eighth Street. Ela adora, irremediavelmente, a televisão defunta largada na calçada, ao lado de um único pé de sapato de verniz. Adora a barraca do ambulante, recheada de brócolis, pêssegos e mangas, cada coisa com um cartão mostrando o preço, em meio à pontuação abundante: "$1,49!!". "3 por UM dólar!?!" "50 centavos CADA!!!!!". Adiante, sob o arco da praça, uma senhora de idade, num vestido escuro, de bom corte, parece estar cantando, parada exatamente entre as estátuas gêmeas de George Washington, como guerreiro e político, ambas com o rosto destruído pelo tempo. É a aglomeração e a ânsia da cidade que movem a pessoa; seu emaranhado; sua vida interminável. Mesmo conhecendo a história de Manhattan, um ermo de terra comprado por um punhado de contas de vidro, é quase impossível não acreditar que tenha sido sempre uma cidade; que, se você cavar, vai encontrar as ruínas de uma outra cidade mais antiga, e mais outra, e outra ainda. Debaixo do cimento e da grama do parque (ela entrou agora no parque, onde a velha atira a cabeça para trás e canta) descansam os ossos daqueles enterrados na vala comum que foi simplesmente pavimentada, cem anos atrás, para fazer a Washington Square. Clarissa caminha sobre os corpos dos mortos enquanto homens cochicham ofertas de drogas (não para ela), três moças negras passam a jato sobre patins e a velha senhora canta, desafinada, *iiiii*. Clarissa está desconfiada e feliz com sua sorte, seu belo par de sapatos (comprado na Barneys, mas que fazer); eis, por fim, a robusta esqualidez do parque, visível até mesmo debaixo do manto de relva e flores; eis aqui os traficantes de drogas (será que eles nos matariam, se fosse o caso?) e os loucos, os catatônicos e atônitos, as pessoas cuja sorte, se é que algum dia tiveram alguma, acabou. Mesmo assim, ela ama o mundo por ser rude e indestrutível e sabe que outras pessoas devem amá-lo também, os pobres assim como os ricos, embora ninguém fale especificamente sobre os motivos. Por que outra razão batalhamos tanto para continuar vivendo, ainda que comprometidos e prejudicados? Mesmo que tenhamos chegado ao ponto em que está Richard; mesmo que estejamos descarnados, cobertos de escaras, cagando nos lençóis; ainda assim, queremos desesperadamente viver. Tem a ver com tudo isso, pensa ela. Rodas zumbindo sobre concreto, a agitação e o choque produzidos; um véu de espuma branca soprando da fonte, enquanto rapazes sem camisa jogam frisbee e ambulantes (do Peru, da Guatemala) emitem uma fumaça pungente, cheirando a carne assada, de seus carrinhos prateados; homens e mulheres idosos buscando o sol em seus bancos, falando baixinho entre si, balançando a cabeça; o balir das buzinas e o planger das guitarras (aquele grupo esfarrapado ali adiante, três meninos e uma menina, será que eles estão tocando "Eight Miles High"?); folhas cintilando nas árvores; um cachorro malhado caçando pombos e um rádio que passa, tocando "Always Love You", enquanto a mulher de vestido escuro, parada de pé sob o arco, canta *iiiiii*.

Ela atravessa a praça, é atingida por um jato d'água ao passar pela fonte e eis que surge Walter Hardy, musculoso, de calção e camiseta sem manga, exibindo seu andar elegante e atlético para todo o Washington Square Park. "Oi, Clare", Walter diz de modo enérgico, enquanto os dois hesitam por um momento antes de se beijar. Walter mira nos lábios de Clarissa e ela instintivamente vira a boca e oferece o rosto. Depois se controla e vira-se de novo, com meio segundo de atraso, de modo que os lábios de Walter tocam apenas no canto de sua boca. Sou tão pudica, pensa Clarissa; tão avó. Desmaio com as belezas do mundo mas reluto, por puro reflexo, em beijar um amigo na boca. Richard já tinha dito, trinta anos antes, que sob o verniz de moça-pirata estavam todos os predicados de uma boa esposa classe média, e agora ela se revela a si mesma um espírito mesquinho, convencional demais, causa de tanto sofrimento. Não admira que a filha não se dê bem com ela.

"Há quanto tempo", Walter diz. Clarissa sabe — pode até ver — que, nesse momento, ele está fazendo mentalmente uma série de calibragens intrincadas para calcular sua importância no mundo. Sim, ela é a mulher do livro, o tema de um romance muito aguardado de autoria de um escritor quase lendário, mas o livro não emplacou, não é mesmo? Foi resenhado de modo sumário; deslizou em silêncio por sob as ondas. Ela é, Walter decide, igual a um aristocrata falido, interessante sem ser especialmente importante. Ela o vê chegar a essa decisão. E sorri.

"O que está fazendo em Nova York num sábado?"

"Evan e eu resolvemos ficar na cidade este fim de semana. Ele está se sentindo bem melhor com o novo coquetel, diz que quer sair para dançar hoje à noite."

"Não é um pouco demais?"

"Vou ficar de olho nele. Não vou deixar que exagere. Ele só quer ver a cara do mundo de novo."

"Acha que ele toparia dar uma chegada em casa esta noite? Estamos dando uma festinha para Richard, em homenagem pelo Prêmio Carrouthers."

"Que ótimo."

"Você conhece, não conhece?"

"Claro."

"Não é um desses prêmios anuais. Eles não têm nenhuma cota para preencher, como o Nobel e todos os outros. Eles simplesmente concedem um prêmio quando tomam conhecimento de alguém cuja carreira lhes pareça inegavelmente significativa."

"Maravilha."

"Pois é." Depois de uns instantes, ela acrescenta: "O último a receber foi Ashbery. Antes dele houve Merrill, Rich e Merwin".

Uma sombra passa pelo rosto largo e inocente de Walter. Clarissa se pergunta: Será que ele está tentando se lembrar dos nomes? Ou será que, será possível que ele esteja sentindo inveja? Será que se imagina como candidato a um prêmio desses?

"Desculpe não ter dito nada sobre a festa antes. É que nunca me passou pela cabeça que vocês fossem estar por aqui. Você e o Evan nunca ficam na cidade nos fins de semana."

Walter diz que é claro que irá, e levará Evan, se Evan se sentir disposto, se bem que Evan, claro, talvez prefira guardar suas energias para dançar. Richard ficará furioso quando souber que Walter foi convidado e Sally com certeza tomará o partido dele. Clarissa compreende. Poucas coisas no mundo são menos misteriosas do que o desdém que as pessoas muitas vezes sentem por Walter Hardy, que optou por completar quarenta e seis anos com boné de beisebol na cabeça e tênis Nike nos pés; que ganha uma quantidade escandalosa de dinheiro escrevendo romances românticos sobre amor e desamor entre rapazes de músculos perfeitos; que consegue passar a noite inteira dançando *house music*, feliz da vida e incansável como um pastor-alemão correndo atrás de um graveto. Existem homens como Walter por todos os lados de Chelsea e do Village, homens que insistem, aos trinta, quarenta ou mais tarde ainda, que sempre foram animados, confiantes e rijos; que nunca foram crianças estranhas, jamais sofreram tormentos nem desprezo. Richard argumenta que esses gays eternamente jovens são bem mais prejudiciais à causa do que os homens que seduzem garotinhos e, sim, é verdade que Walter não acrescenta um vestígio que seja de ironia ou cinismo adultos, nada remotamente profundo, a seu interesse pela fama, pela moda e pelos restaurantes do momento. No entanto, é justamente essa inocência gulosa que Clarissa aprecia. Pois então não amamos as crianças, em parte, porque elas vivem fora do reino do cinismo e da ironia? Será tão terrível assim que um homem queira mais juventude, mais prazer? Além do mais, Walter não é corrupto; não exatamente corrupto. Escreve os melhores livros que pode — livros cheios de romance e sacrifício, coragem diante da adversidade —, que com certeza oferecem consolo real a muitas pessoas. Seu nome consta sempre de convites para ocasiões beneficentes e de cartas de protesto; ele escreve introduções constrangedoramente generosas a escritores mais jovens. Cuida de Evan com todo cuidado e carinho. Hoje em dia, Clarissa acredita, devem-se medir as pessoas primeiro pela bondade e capacidade de devoção. A sagacidade e o intelecto muitas vezes cansam; nossas pequenas exibições de gênio. Ela se recusa a parar de apreciar a frivolidade descarada de Walter Hardy, mesmo que isso deixe Sally furiosa e tenha inspirado Richard a se perguntar, em voz alta, se Clarissa não seria ela própria um pouco fútil e tola.

"Ótimo", diz Clarissa. "Sabe onde moramos, certo? Às cinco da tarde."

"Às cinco."

"Tem que ser cedo. A cerimônia de entrega é às oito, vamos fazer a festa antes, em vez de depois. Richard não aguenta festas muito tarde."

"Certo. Cinco horas. Até mais." Walter aperta a mão de Clarissa e continua seu caminho, em compasso de dois tempos, o andar gingado, demonstração de grande vitalidade. É uma piada cruel, até certo ponto, convidar Walter para a festa de Richard, mas Walter, afinal de contas, está vivo, assim como Clarissa está, numa manhã de junho, e se sentiria horrendamente esnobado se descobrisse (e ele parece descobrir tudo, sempre) que Clarissa falou com ele no dia da festa e não disse nada de propósito. O vento mexe com as folhas, exibe o verde cinzento da parte de baixo, mais brilhante, e de repente, com uma urgência espantosa, Clarissa é acometida pelo desejo de que Richard pudesse estar ali a seu lado, nesse momento — não o Richard que ele se tornou, mas o Richard de dez anos antes; Richard, o destemido e incansável conversador; Richard, o instigador. Ela quer a discussão que teria com aquele Richard sobre Walter. Antes do declínio de Richard, Clarissa vivia trocando ideias com ele. Richard se preocupava com questões do bem e do mal e nunca, nos últimos vinte anos, chegara a abandonar por completo a noção de que a decisão de Clarissa de viver com Sally fora, se não uma manifestação trivial de grave corrupção, pelo menos uma fraqueza de sua parte que indiciava (embora Richard jamais fosse admitir uma coisa dessas) todas as mulheres, uma vez que ele parecia ter decidido, havia muito, fazer de Clarissa a representante não apenas dos seus, mas dos dons e fraquezas de todo o sexo feminino. Richard sempre foi o companheiro mais rigoroso e enervante de Clarissa, seu melhor amigo, e se Richard ainda fosse ele mesmo, se não tivesse sido tocado pela doença, podiam estar ali bem nesse momento, discutindo Walter Hardy e a questão da juventude eterna, comentando a decisão dos gays de imitar os meninos que os torturaram na escola. O velho Richard seria capaz de falar meia hora ou mais sobre as várias interpretações possíveis da cópia canhestra da Vênus de Botticelli sendo desenhada a giz no concreto por um jovem negro e, se aquele Richard tivesse notado o saco plástico que o vento levantara e soprava em direção ao céu pálido, ondeando feito uma água-viva, teria feito uma preleção sobre substâncias químicas e lucros ilimitados, sobre a mão que usurpa. Ele desejaria falar (digamos que o saco contivesse batatinhas fritas e bananas maduras; digamos que tivesse sido atirado fora, ato reflexo, por uma mãe assoberbada e pobre, ao sair de uma loja cercada pelo bando de filhos briguentos) sobre como o plástico seria impelido até o Hudson, de onde flutuaria até o mar, onde por fim uma tartaruga, uma criatura que poderia viver cem anos, iria confundi-lo com uma água-viva, comê-lo e morrer. Não teria sido impossível que Richard desse prosseguimento ao assunto e passasse, bem ou mal, direto desse para o tema de Sally; para perguntar sobre sua saúde e felicidade com um formalismo mordaz. Ele tinha esse costume de perguntar de Sally após uma de suas tiradas, como se Sally fosse uma espécie de porto seguro totalmente banal; como se a própria Sally (Sally, a estoica, a torturada, a sutilmente sábia) fosse inofensiva e insípida, tanto quanto uma casa numa rua tranquila ou um bom carro, sólido e confiável. Richard nunca vai admitir, nem rejeitar, a aversão que sente por Sally, nunca; nunca irá descartar sua convicção particular de que, no fundo, Clarissa se tornou uma esposa-anfitriã, e para o diabo com o fato de que ela e Sally nunca tentaram disfarçar seu amor em benefício de ninguém, nem que Sally seja uma mulher dedicada, inteligente, produtora de uma televisão estatal, faça-me o favor — quanto mais esforçada e socialmente responsável, quanto mais dramaticamente mal paga ela precisa ser? Para o diabo com os livros bons e decerto não lucrativos que Clarissa insiste em publicar ao lado daqueles que pagam suas contas. Para o diabo com sua política, todo seu trabalho com os soropositivos.

Clarissa atravessa a Houston Street e pensa em comprar uma lembrancinha para Evan, em consideração pela saúde que precariamente recuperara. Flores não; se flores são uma coisa sutilmente errada para os mortos, são desastrosas para os doentes. Mas o quê? As lojas do SoHo estão repletas de roupas de festa, joias e Biedermeier; nada que se possa levar para um rapaz imperioso e inteligente que pode ou não, com a ajuda de uma batelada de drogas, viver o curso normal de sua vida. O que é que uma pessoa quer? Clarissa passa por uma loja e pensa em comprar um vestido para Julia, ela ficaria fantástica naquele pretinho com alças à la Anna Magnani, mas Julia não usa vestidos, ela insiste em passar a juventude, o breve período em que se pode usar qualquer coisa, circulando com camisetas de homem e botas de amarrar, do tamanho de blocos de concreto. (Por que a filha fala tão pouco com ela? O que aconteceu com o anel que Clarissa lhe deu no aniversário de dezoito anos?) Aqui está aquela pequena livraria muito boa da Spring Street. Quem sabe Evan gostasse de um livro. Exposto na vitrine há um (apenas um!) de Clarissa, o inglês (um crime, como teve que lutar por uma tiragem de dez mil exemplares e, pior, parece que terão sorte se venderem cinco), junto com a saga de uma família sul-americana que ela perdeu para uma editora maior e que, pelo visto, não conseguirá se pagar, porque, por motivos misteriosos, é um livro respeitado mas não amado. Aqui está a nova biografia de Robert Mapplethorpe, os poemas de Louise Glück, mas nada parece correto. São, todos eles, ao mesmo tempo muito gerais e muito específicos. O ideal seria o livro de sua própria vida, o livro que iria localizá-lo, criá-lo, prepará-lo para as mudanças. Não se pode aparecer com fofocas de celebridades, certo? Não dá para levar a história de um inglês amargurado nem o destino de sete irmãs no Chile, por mais bem escritos que sejam, e é muito provável que Evan se interesse tanto por poesia quanto por pintura em porcelana.

Não há consolo, ao que parece, no mundo dos objetos, e Clarissa teme que a arte, mesmo a maior delas (até mesmo os três volumes de poesia de Richard e seu único e ilegível romance), pertença teimosamente ao mundo dos objetos. Parada diante da vitrine da livraria, é visitada por uma antiga lembrança, um galho de árvore batendo no vidro de uma janela ao mesmo tempo que, em algum outro lugar (lá embaixo?), uma música vaga, o gemido surdo de uma banda de jazz, começa a tocar numa vitrola. Não é sua primeira lembrança (essa parece envolver uma lesma arrastando-se pela beirada de uma calçada), nem mesmo a segunda (as sandálias de palha da mãe, ou talvez seja o contrário), mas essa lembrança, mais do que qualquer outra, parece urgente e profunda, quase anormalmente consoladora. Clarissa devia estar numa casa em Wisconsin, com certeza; uma das muitas que os pais alugaram durante os verões (raramente elas se repetiam — todas acabavam tendo algum defeito que a mãe atrelava à sua narrativa sem fim, a Turnê de Tormentos e Lágrimas da Família Vaughan pelos Vales do Wisconsin). Clarissa teria uns três ou quatro anos, numa casa para onde nunca mais voltaria, da qual não retém nenhuma lembrança, exceto essa, extremamente nítida, mais clara que certas coisas que aconteceram um dia antes: um galho batendo numa janela e o som dos trompetes começando; como se a árvore, tendo sido perturbada pelo vento, tivesse de algum modo provocado a música. Parece que foi naquele momento que ela começou a habitar o mundo; a entender as promessas contidas numa ordem que, sendo maior do que a felicidade humana, abarcava também a felicidade humana, junto com todas as outras emoções. O galho e a música são para ela mais importantes do que todos os livros na vitrine. Ela quer para Evan e para si um livro que possa carregar o que aquela memória carrega. Para enquanto olha os livros, seu reflexo superposto no vidro (continua com boa aparência, bonitona, agora, em vez de bonita — quando será que as pregas e o encovado, os lábios murchos de seu rosto de velha começarão a surgir?), depois segue caminho, lamentando o lindo vestido preto que não pode comprar para a filha porque Julia está enfeitiçada por uma teórica esquisita e insiste em usar camisetas e botas de combate. Há que se respeitar Mary Krull, ela na verdade não lhe dá outra escolha, vivendo como vive à beira da miséria, indo para a cadeia em nome de suas várias causas, lecionando apaixonadamente na New York University sobre o triste embuste conhecido como gênero. Até quer gostar dela, até se esforça, mas Mary Krull é despótica demais em sua intensidade intelectual e moral, em suas intermináveis demonstrações de retidão arguta, dentro daquela sua eterna jaqueta de couro. Clarissa sabe que é alvo de zombarias, se bem que não em público, por causa de sua vida confortável e de suas antiquadas (ela deve achá-las antiquadas) noções sobre identidade lésbica. Está cansada de ser tratada como inimiga simplesmente porque não é mais uma jovem; porque as roupas que veste são normais. Dá vontade de gritar para Mary Krull que isso não faz muita diferença; dá vontade de convidá-la a entrar dentro de sua cabeça uns dias para sentir suas preocupações e dores, o medo sem nome. Você acredita — você *sabe* — que Mary Krull e você sofrem da mesma doença mortal, do mesmo enjoo de alma e que com mais uma volta do relógio vocês poderiam ter ficado amigas, mas ela chegou para reivindicar sua filha e você fica lá sentada em seu apartamento confortável, odiando Mary Krull tanto quanto qualquer pai republicano. O pai de Clarissa, delicado quase a ponto de ser translúcido, adorava ver mulheres com vestidos pretos. O pai acabou ficando exausto; desistiu de seu poder de convicção do mesmo modo como muitas vezes desistia das discussões, simplesmente porque era mais fácil concordar. Mais adiante, na MacDougal, uma companhia está rodando um filme em meio à profusão costumeira de trailers e caminhões de equipamentos, bancadas de luzes brancas. Eis aqui o mundo cotidiano, um filme sendo feito, um rapaz porto-riquenho levantando o toldo de um restaurante com uma vareta prateada. Eis aqui o mundo, você vive nele e é grata por isso. Tenta ser grata.

Ela empurra a porta da floricultura, que sempre emperra um tantinho, e entra, uma mulher alta, de ombros largos, entre buquês de rosas e jacintos, cestos musguentos de branquinha, orquídeas tremelicando nas hastes. Barbara, que trabalha há anos na loja, diz olá. Depois de uma pausa, oferece o rosto para ser beijado.

"Olá", diz Clarissa. Seus lábios tocam a pele de Barbara e o momento se mostra súbita e inesperadamente perfeito. Ela para no meio da penumbra deliciosamente fresca da floricultura, que é como um templo, solene em sua abundância, em seus maços de flores secas pendurados no teto e sua prateleira de fitas pendentes na parede dos fundos. Houve aquele galho batendo no vidro da janela e houve um outro, se bem que já fosse mais velha, cinco ou seis anos, em seu próprio quarto, um galho coberto de folhas vermelhas, e ela se lembra de ter então pensado com reverência naquele galho anterior, o que parecia provocar a música lá embaixo; lembra-se de ter amado o galho de outono por ter lhe trazido à memória o galho anterior, batendo contra a janela de uma casa para a qual nunca mais voltaria e da qual se esquecera por completo, exceto do galho. Ei-la, então, na floricultura, onde pendem as papoulas brancas e cor de abricó, de longas hastes penugentas. A mãe, que sempre andava com uma lata de pastilhas francesas de hortelã, branquinhas, dentro da bolsa, franzira os lábios e chamara Clarissa de maluca, uma menina maluca, num tom de admiração orgulhosa.

"Como vão as coisas?", Barbara pergunta.

"Ótimas, muito boas. Vamos dar uma festinha esta noite, para um amigo que acaba de ganhar um prêmio importante de literatura."

"O Pulitzer?"

"Não. Chama-se Prêmio Carrouthers."

Barbara exibe uma expressão neutra que Clarissa interpreta como sendo um sorriso. Barbara está na casa dos quarenta, uma mulher pálida e ampla que veio a Nova York para ser cantora de ópera. Alguma coisa em seu rosto — o maxilar quadrado ou os olhos sisudos, inexpressivos — faz você pensar que as pessoas tinham essencialmente a mesma aparência, cem anos atrás.

"Estamos com pouca coisa, no momento. Tivemos uns cinquenta casamentos esta semana."

"Não preciso de muita coisa. Só alguns buquês de uma coisa ou outra." Clarissa sente-se inexplicavelmente culpada por não ser uma amiga melhor para Barbara, embora elas se conheçam apenas como vendedora e cliente. Clarissa compra todas suas flores de Barbara e lhe mandou um cartão, está fazendo um ano, ao saber da ameaça de câncer de mama. A carreira de Barbara não saiu conforme o planejado; ela é obrigada a se virar com o que ganha por hora (mora em um quarto e sala, provavelmente, com a banheira na cozinha) e, dessa vez, escapou do câncer. Por alguns instantes Mary Krull paira sobre os lírios e as rosas, preparando-se para ficar atordoada com o que Clarissa vai gastar.

"Nós temos umas hortênsias lindas", Barbara diz.

"Deixa ver." Clarissa vai até o esfriadouro e escolhe as flores, que Barbara tira dos vasos e segura, pingando, nos braços. No século XIX, ela estaria morando no interior, uma esposa gentil, insignificante, insatisfeita, parada num jardim. Clarissa escolhe peônias, lírios, rosas cor de creme, rejeita as hortênsias (culpa, culpa, pelo visto você não vai se livrar dela nunca) e está pensando se leva ou não algumas palmas (será que palmas não estão um pouco... fora de moda?) quando explode um barulhão imenso na rua.

"O que foi isso?", Barbara pergunta. Ela e Clarissa vão até a janela.

"Acho que é o pessoal do filme."

"É capaz. Eles estão aí filmando desde cedo."

"Sabe que filme é?"

"Não", ela diz e sai da janela, com uma certa retitude provecta, segurando sua braçada de flores, assim como o fantasma de seu eu anterior, cem anos atrás, teria se afastado dos sacolejos e rangidos de uma carruagem lotada de pessoas vestidas de maneira impecável, vindas de uma cidade distante, a caminho de um piquenique. Clarissa continua à janela, olhando para a profusão de caminhões e trailers. De repente, a porta de um dos trailers se abre e surge uma cabeça famosa. É a cabeça de uma mulher, a uma boa distância, vista de perfil, como numa moeda e, ainda que Clarissa não consiga identificá-la de imediato (Meryl Streep? Vanessa Redgrave?), sabe, sem sombra de dúvida, que a mulher é uma estrela de cinema. Sabe pela aura de confiança majestosa e pela prontidão com que os assistentes lhe explicam (é inaudível aos ouvidos de Clarissa) a origem do barulho. A cabeça da mulher se retira rápido, a porta do trailer se fecha de novo, mas ela deixa atrás de si uma sensação inegável de advertência vigilante, como se um anjo tivesse tocado de modo muito breve a superfície do mundo com suas sandálias, perguntado se havia algum problema e, tendo recebido a resposta de que estava tudo bem, tivesse retomado seu lugar no éter com uma gravidade descrente, depois de lembrar aos filhos da terra que cabe a eles a administração de seus negócios, por pior que seja a gerência, e que novos descuidos não passarão despercebidos.

MRS. WOOLF

Mrs. Dalloway disse alguma coisa (o quê?) e comprou ela mesma as flores.

Estamos nos arredores de Londres. No ano de 1923.

Virginia acorda. Talvez esse seja um outro jeito de começar, quem sabe; com Clarissa saindo de casa encarregada de fazer algo, numa manhã de junho, em vez de um batalhão de soldados marchando para depositar uma coroa de flores em Whitehall. Mas seria o começo correto? Não seria um pouco banal demais? Virginia continua deitada e o sono a invade tão rápido que não tem consciência de estar pegando no sono de novo. De repente, não parece mais estar na cama e sim num parque; um parque de um verdor implausível, verde verdíssimo — uma visão platônica de parque, ao mesmo tempo despretensioso e sede de mistérios, sugerindo, como costumam fazer os parques, que, enquanto a velha senhora embrulhada no xale cochila no banco de madeira, alguma coisa viva e antiquíssima, alguma coisa que não é nem boa nem má, exultante tão somente de haver continuidade, tece o verde dos prados e das florestas, dos parques e das terras aradas. Virginia transita por ali sem chegar a andar; flutua pelo parque, é uma pluma de percepção, incorpórea. O parque lhe revela seus canteiros de lírios e peônias, suas alamedas de cascalho bordejadas por rosas cor de creme. Uma virgem de pedra, alisada pelo tempo, postada na beira de um lago límpido, cisma para a água. Virginia circula pelo parque como se impelida por um colchão de ar; está começando a entender que há um outro parque por baixo desse, um parque num outro mundo, mais maravilhoso e terrível que esse; é a raiz de onde esses gramados e bosques brotam. Trata-se da verdadeira ideia de parque, nada tão simples quanto a ideia de belo. Agora pode ver: um chinês curvado para apanhar qualquer coisa na grama, uma menina que espera. Mais adiante, num círculo de terra remexida de véspera, uma mulher canta.

Virginia acorda de novo. Está ali, em seu quarto, em Hogarth House. A luz cinzenta permeia o aposento; em surdina, cor de aço; repousa com uma vida branco-acinzentada e líquida em sua colcha. Prateia as paredes verdes. Ela sonhou com um parque e sonhou com um rumo para seu novo livro — qual era? Flores; alguma coisa a ver com flores. Ou alguma coisa a ver com parque? Tinha alguém cantando? Não, o rumo se foi, mas no fundo não tem importância, porque ainda guarda consigo a sensação que ficou para trás. Sabe que pode se levantar e escrever.

Sai da cama e vai até o banheiro. Leonard já está de pé; talvez já esteja até trabalhando. No banheiro, lava o rosto. Não olha direto para o espelho oval pendurado sobre a pia. Tem consciência dos movimentos refletidos no vidro, mas não se permite olhar. O espelho é perigoso; às vezes mostra-lhe aquela manifestação escura de ar que imita seu corpo, toma sua forma, mas fica atrás, vigiando, com olhos porcinos e respiração silente, molhada. Lava o rosto e não olha, sobretudo nessa manhã, não quando o trabalho a espera e ela está louca para ir ter com ele, do jeito como poderia estar indo para uma festa que já tivesse começado no andar térreo da casa, uma festa cheia de argúcia e beleza, por certo, mas cheia também de algo melhor que agudeza de espírito e beleza; algo misterioso e dourado; uma centelha de celebração profunda da própria vida, enquanto as sedas farfalham sobre assoalhos polidos e segredos são trocados aos sussurros sob a música. Ela, Virginia, podia ser uma moça de vestido novo, prestes a descer para uma festa, prestes a aparecer na escadaria, jovem e cheia de esperanças. Não, ela não vai olhar no espelho. Termina de lavar o rosto.

Quando acaba, desce até a quietude matinal e fosca do hall. Ela veste seu chambre azul-claro. A noite ainda mora ali. Hogarth House é sempre noturna, mesmo com todo o caos de papéis e livros, almofadas coloridas e tapetes persas. Não que seja em si mesma escura, mas parece sempre iluminada contra a escuridão, mesmo quando os primeiros raios pálidos de sol brilham entre as cortinas, e carros e carruagens rugem pela Paradise Road.

Virginia serve uma xícara de café na sala de jantar, desce em silêncio, mas não vai ter com Nelly na cozinha. Essa manhã quer começar o trabalho logo, sem correr o risco de se expor às ladainhas e queixumes de Nelly. Pode ser que seja um bom dia; precisa ser tratado com cuidado. Equilibrando a xícara no pires, vai até a sala da prensa. Leonard está sentado à escrivaninha, lendo provas. Ainda é muito cedo para Ralph ou Marjorie.

Leonard ergue o rosto para ela e ainda estampa, por alguns momentos, a mesma carranca que usa para revisar as provas. É um semblante no qual ela confia e do qual tem receio, de olhos chamejantes e impenetravelmente escuros sob as sobrancelhas pesadas, os cantos da boca virados para baixo, numa expressão de julgamento severo, mas de forma alguma petulante ou corriqueiro — o cenho de uma divindade, onividente e cansada, esperando pelo melhor da humanidade, sabendo exatamente o quanto esperar. É a fisionomia que ele usa para todo trabalho escrito, inclusive, e sobretudo, o dela. Ao olhar para Virginia, no entanto, a expressão some quase que de pronto, substituída pelo rosto mais brando e bondoso do marido que esteve a seu lado durante os piores períodos, que não exige o que ela não pode dar e que tenta empurrar-lhe, às vezes com sucesso, um copo de leite diário, às onze da manhã.

"Bom dia", ela diz.

"Bom dia. Como foi seu sono?"

Como *foi* seu sono, ele pergunta, como se o sono não fosse um ato e sim uma criatura, passível tanto de ser dócil como feroz. Virginia diz: "Sem grandes acontecimentos. Estas aqui são de Tom?".

"São."

"Como estão?"

Ele fecha o cenho de novo. "Já encontrei um erro e ainda nem passei da segunda página."

"Um erro no começo é com toda certeza apenas isso. Ainda é cedo para tamanha irritação, não acha?"

"Já tomou seu café?"

"Já."

"Mentirosa."

"Estou tomando uma xícara de café com creme. É o suficiente."

"Está longe de ser o suficiente. Vou pedir para Nelly lhe trazer um pãozinho e algumas frutas."

"Se você mandar Nelly me interromper, não respondo pelos meus atos."

"Você tem que comer. Não precisa ser muito."

"Como depois. Agora vou trabalhar."

Ele hesita, depois acena que sim com a cabeça, de má vontade. Ele nunca interferiu, e nem vai, no trabalho dela. Mesmo assim, o fato de Virginia recusar-se a comer não é um bom sinal.

"Mas você vai almoçar. Um almoço de verdade, com sopa, sobremesa, tudo. À força, se for preciso."

"Eu vou almoçar", ela diz, impaciente, mas sem raiva. É uma mulher alta, magra, maravilhosa em seu chambre, o café fumegando na mão. Mesmo agora, às vezes ele ainda se espanta com ela. Talvez seja a mulher mais inteligente de toda a Inglaterra, pensa. Seus livros serão lidos por séculos ainda. Acredita nisso com mais ardor do que qualquer outra pessoa. E ela é mulher dele. É Virginia Stephen, pálida, alta, tão surpreendente quanto um Rembrandt ou um Velázquez, surgindo vinte anos atrás no alojamento do irmão, em Cambridge, de vestido branco, e é Virginia Woolf, parada diante dele bem agora. Ela envelheceu dramaticamente esse ano, como se uma camada de ar tivesse escapado de sob a pele. Os traços ficaram mais ásperos, mais gastos. Começa a dar a impressão de ter sido entalhada num mármore muito poroso, branco-acinzentado. Continua majestosa, a mesma conformação apurada, ainda dona de sua formidável radiância lunar, mas de repente deixou de ser bela.

"Certo", ele diz. "Eu vou continuar brigando com isto aqui."

Ela volta a subir em silêncio, para não chamar a atenção de Nelly (por que se sente sempre tão reservada perante os criados, como se fosse culpada por algum crime?). Chega ao seu gabinete de trabalho, fecha a porta sem fazer ruído. Está salva. Abre as cortinas. Lá fora, para além do vidro, Richmond continua sonhando consigo mesmo seu sonho decente e pacífico. Flores e cercas vivas bem cuidadas; venezianas repintadas antes que seja preciso. Os vizinhos, que ela não conhece, fazem seja lá o que for por trás das cortinas e venezianas. Só lhe ocorre pensar em aposentos mergulhados na penumbra e no cheiro insosso de comida demasiadamente cozida. Sai da janela. Se ela conseguir se manter forte, as ideias claras, se conseguir se manter no mínimo com sessenta quilos, Leonard talvez se deixe persuadir a voltar para Londres. A cura pelo descanso, esses anos entre canteiros de esporinhas e casarões de tijolo aparente serão considerados um sucesso e ela estará apta para viver na cidade de novo. Almoço, sim; ela vai almoçar. Devia comer alguma coisa no café da manhã, mas não suporta a interrupção que isso acarretaria, o contato com os humores de Nelly. Ela vai escrever por uma hora, mais ou menos, depois comerá alguma coisa. Não comer é um vício, quase uma droga — com o estômago vazio, sente-se veloz e limpa, desanuviada, pronta para uma briga. Ela toma o café, põe a xícara de lado, estende os braços. Essa é uma das experiências mais singulares que há, acordar para o que segundo tudo indica vai ser um bom dia, preparar-se para o trabalho, sem ter ainda mergulhado de fato nele. Nesse momento, as possibilidades são infinitas, horas inteiras pela frente. Sua cabeça zune. Talvez hoje consiga perfurar a obscuridade, as passagens entupidas, para chegar ao ouro. Sente dentro de si um segundo eu quase indescritível ou, melhor dizendo, um eu paralelo, mais puro. Se tivesse religião, chamaria isso de alma. É mais do que a soma de seu intelecto e de suas emoções, mais do que a soma de suas experiências, embora corra pelos três como veia de metal brilhante. É uma faculdade interior que reconhece os mistérios animados do mundo porque feita da mesma substância, e, quando está com sorte, Virginia consegue escrever diretamente fazendo uso dessa faculdade. Escrever nesse estado é a satisfação mais profunda que conhece, mas seu acesso a ele vai e vem, sem aviso. Um dia pode apanhar a caneta e segui-lo com a mão que se move pelo papel; num outro, pode pegar a caneta e descobrir que é apenas ela mesma, uma mulher de chambre segurando uma caneta, com medo e incerta, apenas razoavelmente competente, sem a mínima ideia de onde começar ou do que escrever.

Ela pega a caneta.
Mrs. Dalloway disse que compraria ela mesma as flores.

MRS. BROWN

Mrs. Dalloway disse que compraria ela mesma as flores.
Porque Lucy já tinha trabalho de sobra. As portas teriam de ser removidas das dobradiças; os homens de Rumpelmayer viriam. Depois, pensou Clarissa Dalloway, que dia — limpo como se nascido para crianças numa praia.

Estamos em Los Angeles. Em 1949.

Laura Brown está tentando se perder. Não, não é bem assim — está tentando se manter, entrando num mundo paralelo. Ela descansa o livro aberto sobre o peito. Em poucos instantes seu quarto (não, o quarto *deles*) parece mais densamente povoado, mais atual, porque uma personagem chamada Mrs. Dalloway está a caminho da floricultura. Laura espia o relógio na mesa de cabeceira. Passa das sete. Por que foi comprar esse relógio, essa coisa pavorosa, com seu mostrador verde dentro de um sarcófago retangular de baquelita preta — como pôde ter chegado a achar que era elegante? Não deveria estar se permitindo ler, sobretudo nessa manhã; não no aniversário de Dan. Deveria estar de pé, banhada e vestida, preparando o café de Dan e Richie. Pode ouvi-los no andar de baixo, o marido fazendo café, dando de comer a Richie. Ela deveria estar lá, não deveria? Deveria estar de pé em frente ao fogão, com seu roupão novo, cheia de conversas simples e estimulantes. No entanto, quando abriu os olhos, faz alguns minutos (mais de sete, já!) — quando ainda semi-habitava o mundo dos sonhos, uma espécie de máquina pulsando a uma grande distância, um martelar constante como um coração mecânico gigante, parecendo cada vez mais próximo —, sentiu aquela sensação de umidade pegajosa em volta e soube que seria um dia problemático. Percebeu que teria dificuldade em acreditar em si mesma, nos aposentos da casa e, quando olhou de relance para o novo livro na mesinha de cabeceira, colocado em cima do que ela terminara na noite anterior, pegou-o automaticamente, como se ler fosse a primeira tarefa óbvia do dia, a única maneira viável de negociar a passagem do sono para a obrigação. Porque está grávida, tem permissão para esses lapsos. Tem permissão, por enquanto, para ler exageradamente, para se demorar na cama, para gritar ou se enfurecer por nada.

Ela irá compensar o café da manhã fazendo um bolo perfeito para o aniversário de Dan; passando a ferro a toalha boa; pondo um grande buquê de flores (rosas?) no meio da mesa e rodeando o buquê de presentes. Isso há de compensar, não é mesmo?

Vai ler só mais uma página. Uma página mais, para se acalmar e se localizar, depois se levanta.

Que farra! Que mergulho! Pois foi sempre assim que lhe pareceu ter sido quando, com um ligeiro ranger das dobradiças, que escuta de novo agora, um dia abriu de par em par as janelas francesas de Bourton e mergulhou lá fora. Que limpo, que tranquilo, mais parado que este, sem dúvida, era o ar de manhã bem cedo; feito o bater de uma onda; o beijo de uma onda; gelado, aguçado e no entanto solene (para uma moça de dezoito anos, como era na época), sentindo, ali parada na porta escancarada, que alguma coisa de terrível estava prestes a acontecer; olhando as flores, as árvores de onde a névoa ia se despegando, as gralhas subindo, descendo; parada, olhando, até que Peter Walsh disse: "Filosofando entre os legumes?", seria isso?, "Eu prefiro os homens às couves-flores", seria isso? Ele deve ter dito essa frase um dia de manhã, durante o café, na hora em que ela saía para o terraço — Peter Walsh. Estaria de volta da Índia um dia desses, junho ou julho, não se lembrava direito, porque as cartas dele eram terrivelmente maçantes; era das palavras que as pessoas se lembravam; dos olhos, do canivete, do sorriso, da rabugice e, depois de milhões de outras coisas terem desaparecido por completo — que estranho isso! —, de alguns ditos como esse, sobre repolhos.

Ela respira fundo. É tão lindo; é tão mais do que... bom, do que praticamente tudo, na verdade. Num outro mundo, talvez passasse a vida inteira lendo. Mas este é o novo mundo, o mundo resgatado — não há muito espaço para o ócio. Tantas foram as coisas arriscadas e perdidas; tantos morreram. Menos de cinco anos antes, o próprio Dan fora dado como morto, em Anzio, e quando se soube, dois dias depois, que ele ainda estava vivo (ele e algum pobre rapaz de Arcadia tinham o mesmo nome), a impressão foi a de que ressuscitara. Parecia ter regressado do reino dos mortos, ainda com o mesmo temperamento dócil, ainda cheirando do mesmo jeito (as histórias que se ouviam na época sobre a Itália, sobre Saipan e Okinawa, sobre as mães japonesas que preferiam matar os próprios filhos e cometer suicídio a serem levadas prisioneiras), e, quando voltou para a Califórnia, foi recebido como algo mais do que um simples herói. Ele poderia (nas palavras alarmadas de sua própria mãe) ter tido qualquer uma, a rainha de qualquer concurso cívico, qualquer moça alegre e submissa, mas, por algum gênio obscuro e possivelmente avesso, beijara, namorara e pedira a mão da irmã mais velha do melhor amigo, a ratazana de biblioteca, a que tinha cara de estrangeira, de olhos escuros muito juntos e um nariz romano, que nunca fora paquerada ou paparicada; que sempre fora deixada em paz, com seus livros. O que mais poderia dizer-lhe exceto sim? Como poderia recusar um rapaz bonito, de bom coração, praticamente um membro da família, que voltara dos mortos?

De modo que agora ela é Laura Brown. Laura Zielski, a moça solitária, a leitora incansável, se foi e, em seu lugar, ficou Laura Brown.

Uma página, ela decide; só uma. Ainda não está pronta; as tarefas que tem pela frente (pôr o roupão, escovar o cabelo, descer até a cozinha) ainda são muito tênues, fugidias demais. Vai se permitir outro minuto ali, na cama, antes de entrar no dia. Vai se permitir só um pouco mais de tempo. É tomada por uma onda de sentimentos, um vagalhão, que se ergue de sob o peito e a faz flutuar, flutuar docemente, como se fosse uma criatura marítima arrancada da areia onde ficara encalhada — como se tivesse sido resgatada de um reino de gravidade esmagadora e devolvida a seu verdadeiro meio, os sorvos e jorros da água salgada, o brilho imponderável.

Ela enrijeceu de leve o corpo na calçada, esperando passar o furgão da Durtnall. Uma mulher encantadora, era o que Scrope Purvis achava (conhecendo-a como se conhece um vizinho em Westminster); com um quê de pássaro ao redor, do gaio, azul-esverdeado, leve, vivaz, embora tenha passado dos cinquenta e branqueado muito, depois da doença. Lá está ela, empoleirada na calçada, sem vê-lo, esperando para atravessar, muito ereta.

Por morar em Westminster — há quantos anos, já? mais de vinte —, é possível sentir, mesmo em meio ao trânsito, ou quando acorda no meio da noite, Clarissa não tinha a menor dúvida, um silêncio especial, quem sabe até solene; uma pausa indescritível; um suspense (mas isso talvez fosse o coração, afetado, segundo diziam, pela influenza) antes das badaladas do Big Ben. Pronto! Lá vêm eles. Primeiro um aviso, musical; depois a hora, irrevogável. Os círculos de chumbo dissolvem-se no ar. Tamanhos tolos que somos, pensou ela, atravessando a Victoria Street. Porque só Deus sabe o que nos leva a amá-la assim, a vê-la assim, sempre a inventá-la, construí-la, derrubá-la, criá-la de novo a cada instante; entretanto, o sumo desleixo, a mais abjeta miséria sentada na soleira (bebam a sua derrocada) faz o mesmo; nada que se possa combater, ela não tinha a menor dúvida, com leis parlamentares, justamente por esse motivo: eles amam a vida. No olhar das pessoas, no embalo, perambulando e arrastando-se; no alarido e no bramido, carruagens, carros, ônibus, furgões, homens-sanduíche gingando pesados; nas bandas; realejos; no triunfo, no tinido, no curioso gemido ardido de algum aeroplano lá no alto estava o que ela amava; a vida, Londres, este momento de junho.

Como, Laura se pergunta, alguém capaz de escrever uma frase como essa — capaz de sentir tudo o que uma frase como essa contém — consegue se suicidar? Afinal, o que há de errado com as pessoas? Reunindo coragem, como se estivesse prestes a mergulhar na água fria, fecha o livro e coloca-o sobre o criado-mudo. Não desgosta do filho, não desgosta do marido. Vai se levantar e ser alegre.

Pelo menos, pensa, não é leitora de livros de mistério nem de romances de amor. Pelo menos continua aperfeiçoando a mente. Bem nesse momento está lendo Virginia Woolf, toda a obra de Virginia Woolf, livro por livro — está fascinada com a ideia de uma mulher como aquela, uma mulher de tamanho brilhantismo, tamanha singularidade, com uma dor tão imensurável; uma mulher de gênio que mesmo assim encheu o bolso com uma pedra e entrou num rio. Ela, Laura, gosta de imaginar (é um de seus segredos mais cuidadosamente guardados) que ela também possui algum brilho, só um tiquinho, embora saiba que com certeza a maioria das pessoas anda pela vida com semelhantes suspeitas esperançosas crispadas como pequenos punhos lá no íntimo, sem jamais divulgá-las. Ela se pergunta, ao empurrar um carrinho no supermercado ou arrumando o cabelo no cabeleireiro, se as outras mulheres não estariam todas pensando, até certo ponto, a mesma coisa: Eis aqui um espírito brilhante, uma mulher cheia de dores, uma mulher de alegrias transcendentes, que preferia estar em outra parte, que consentiu em executar tarefas simples e essencialmente tolas, examinar tomates, sentar-se embaixo de um secador de cabelo, porque é sua arte e seu dever. Porque a guerra terminou, o mundo sobreviveu e estamos aqui, todas nós, construindo lares, tendo e criando filhos, produzindo não apenas livros ou telas mas todo um mundo — um mundo de ordem e harmonia onde as crianças se sintam seguras (se não felizes), onde homens que assistiram a horrores jamais imaginados, que agiram bem e com bravura, possam chegar em casa e encontrar as janelas iluminadas, perfume, pratos e guardanapos.

Que farra! Que mergulho!

Laura levanta-se da cama. É uma manhã quente e branca de junho. Escuta o marido se mexendo lá embaixo. Uma tampa beija a borda metálica da panela a que pertence. Retira o roupão felpudo, azul-clarinho, cor de água-marinha, da poltrona que acaba de ser reformada e ela surge, atarracada, gorda e de saiote, o tecido encaroçado cor de salmão preso por cordões e botões no mesmo tom, formando losangos. No calor da manhã de junho, com o roupão retirado, a poltrona em seu novo tecido atrevido parece surpresa de se descobrir uma poltrona.

Ela escova os dentes, escova os cabelos e começa a descer.

Para vários degraus acima do fim da escada, escutando, esperando; está de novo possuída (parece estar piorando) por uma sensação meio onírica, como se estivesse nos bastidores, próxima da hora de entrar em cena e atuar numa peça para a qual não está adequadamente vestida e para a qual não ensaiou como devia. O quê, pergunta-se, estaria errado com ela. É seu marido que está na cozinha; e seu filhinho. Tudo que homem e menino exigem dela é sua presença e, claro, seu amor. Ela vence o desejo de voltar em silêncio lá para cima, para sua cama e seu livro. Vence a irritação que lhe causa o som da voz do marido dizendo alguma coisa a Richie sobre guardanapos (por que será que a voz dele a faz pensar às vezes numa batata sendo ralada?). Ela desce os três últimos degraus, atravessa um hall estreito e entra na cozinha.

Pensa no bolo que irá fazer, nas flores que irá comprar. Pensa em rosas rodeadas de presentes.

O marido fez café, serviu cereais para ele e para o filho. Sobre a mesa, uma dúzia de rosas brancas oferece sua beleza complexa e ligeiramente sinistra. Através do vidro transparente do vaso, Laura vê as bolhas, minúsculas como grãos de areia, agarradas às hastes. Ao lado das rosas está a caixa de cereais e a caixinha de leite, com suas palavras e desenhos.

"Bom dia." O marido ergue as sobrancelhas como se estivesse surpreso de vê-la.

"Feliz aniversário", ela diz.

"Obrigado."

"Ah, Dan. Rosas. No *seu* aniversário. Você é demais, sério."

Ela vê que ele vê que ela está brava. Sorri.

"Não significaria muita coisa sem você, não é mesmo?"

"Mas você devia ter me acordado. Sério."

Ele olha para Richie, ergue as sobrancelhas mais um centímetro, franzindo a testa, e seu lustroso cabelo preto mexe de leve. "Nós achamos que seria melhor você dormir mais um pouco, não foi?"

Richie, três anos de idade, diz: "Foi". E balança avidamente a cabeça, concordando.

Ele veste pijama azul. Está feliz de vê-la e mais do que feliz; está salvo, ressurreto, arrebatado de amor. Laura procura um cigarro no bolso do roupão, muda de ideia, leva em vez disso a mão ao cabelo. É quase perfeito, é quase suficiente, ser uma mãe jovem numa cozinha amarela, tocando o cabelo espesso, castanho, grávida de uma outra criança. Há sombras de folhas nas cortinas; há café fresco.

"Bom dia, Bug", ela diz para Richie.

"Estou comendo cereais", ele diz. E sorri. Pode-se dizer que se desmancha num sorriso. Ele está transparentemente enamorado dela; é cômico e trágico em seu amor irremediável. Às vezes ele a faz pensar num camundongo entoando baladas amorosas debaixo da janela de uma giganta.

"Ótimo", ela responde. "Isso é muito bom."

Ele balança de novo a cabeça, como se dividissem um segredo.

"Mas, sinceramente", ela diz ao marido.

"Por que motivo eu iria acordá-la? Por que você não pode dormir mais um pouco?"

"É seu *aniversário*."

"Você precisa descansar."

Ele bate em sua barriga com todo o cuidado, mas com uma certa força, como se fosse a casca de um ovo cozido. Não há nada aparecendo, ainda; as únicas manifestações são um certo enjoo e uma sutil, mas distinta agitação interna. Ela, o marido e o filho estão numa casa em que ninguém nunca morou antes. Lá fora há um mundo onde todas as prateleiras estão abarrotadas, onde as ondas do rádio estão cheias de música, onde os jovens andam de novo pelas ruas, homens que conheceram privações e medos piores do que a morte, que abdicaram voluntariamente dos seus vinte anos e que agora, pensando nos trinta e além, não têm mais tempo para desperdiçar. O treinamento de guerra serviu-lhes para alguma coisa. Estão em boa forma e fortes. Levantam-se ao nascer do sol, sem se queixar.

"Eu gosto de preparar seu café. E estou me sentindo ótima."

"Eu sei fazer café. Só porque eu me levanto de madrugada não significa que você também tenha que levantar."

"Eu quero."

A geladeira zumbe. Uma abelha bate contra o vidro de uma janela pesada, insistente. Laura pega o maço de Pall Mall do bolso do roupão. Ela é três anos mais velha que ele (há qualquer coisa vagamente indecorosa nisso, alguma coisa vagamente constrangedora); uma mulher de ombros largos, angulosa, de cabelo escuro, com cara de estrangeira, embora sua família já esteja há mais de cem anos neste país tentando prosperar sem o menor sucesso. Tira um cigarro do maço, muda de ideia e o enfia de volta.

"Certo", ele diz. "Se quer mesmo, amanhã eu acordo você às seis."

"Certo."

Laura serve-se uma xícara do café já pronto. Volta para ele com a xícara fumegando na mão, beija seu rosto. Ele lhe dá um tapinha no quadril, afetuoso e distraído. Não está mais pensando nela. Está pensando no dia que tem pela frente, no caminho de casa até o centro, na letárgica quietude dourada do Wilshire Boulevard, onde todas as lojas ainda estão fechadas e apenas as criaturas mais bem-dispostas e dedicadas, pássaros madrugadores e jovens como ele próprio, se movem em meio à luz ainda intocada pela fumaça do dia. Seu escritório estará silencioso, as máquinas das secretárias ainda cobertas, e ele e uns poucos outros homens de sua idade terão uma hora inteira, ou mais, para se envolver na papelada, antes que os telefones comecem a tocar. Às vezes parece impossivelmente bom que ele tenha tudo isso: um escritório e uma nova casa de dois quartos, responsabilidades e decisões, almoços rápidos e brincalhões com os outros homens.

"As rosas são lindas", Laura lhe diz. "Como foi que conseguiu comprá-las tão cedo?"

"A sra. Gar já está na loja dela às seis. Só precisei ficar lá, batendo no vidro, até ela me deixar entrar." Ele olha o relógio, embora saiba que horas são. "Tenho que ir andando."

"Tenha um bom dia."

"Você também."

"Feliz aniversário."
"Obrigado."
Ele se levanta. Por instantes, todos são absorvidos pelo ritual da partida: pegar paletó e pasta; comoção de beijos; acenos, ele por cima do ombro, enquanto cruza o gramado, Laura e Richie detrás da porta de tela. O gramado deles, regado com grande extravagância, é brilhante, quase absurdamente verde. Laura e Richie param como se fossem espectadores num desfile, vendo o homem dar marcha à ré em seu Chevrolet azul-cinzento e ganhar a rua. Ele acena uma última vez, todo lépido, de trás da direção.

"Bom", ela diz, depois que o carro desaparece. O filho a olha com adoração, com expectativa. Ela é o princípio animador, a vida da casa. Os cômodos são às vezes maiores do que deviam; às vezes, de repente, contêm coisas que nunca viu antes. Ele a espia e espera.

"Bom, bom", ela diz.

Eis aqui, então, a transição diária. Com o marido presente, fica mais nervosa mas com menos medo. Sabe como agir. Sozinha com Richie, sente-se às vezes sem nada que a prenda — ele é tão completamente, tão persuasivamente ele mesmo. Quer porque quer com tamanha avidez isso ou aquilo. Chora por motivos misteriosos, tem exigências indecifráveis, lhe faz a corte, implora coisas, ignora sua existência. Parece, quase sempre, estar esperando para ver o que ela fará em seguida. Ela sabe, ou pelo menos suspeita, que outras mães de crianças pequenas devem possuir um mesmo conjunto de regras e, mais a propósito, um constante lado mãe para guiá-las ao longo dos dias passados a sós com uma criança. Quando o marido está, consegue controlar melhor as coisas. Ela vê que ele a vê e sabe, quase por instinto, como tratar o menino com firmeza e bondade, com um descuido maternal e afetuoso que parece fácil. Sozinha com o filho, entretanto, perde o senso de direção. Nem sempre se lembra de como uma mãe deve agir.

"Você tem que acabar de comer", ela diz a ele.
"Tá bom."

Eles voltam para a cozinha. O marido lavou, secou e guardou sua xícara. O menino se põe a comer com uma certa constância trituradora que tem mais a ver com obediência do que com apetite. Laura serve mais uma xícara de café e senta. Acende um cigarro.

... no triunfo, no tinido, no curioso gemido ardido de algum aeroplano lá no alto estava o que ela amava; a vida, Londres, este momento de junho.

Exala uma baforada densa de fumaça cinza. Está tão cansada. Ficou acordada até as duas, lendo. Toca na barriga — será ruim para o novo bebê, dormir assim tão pouco? Ela não perguntou ao médico a respeito; tem medo de que ele lhe diga para parar de ler por completo. Promete que essa noite lerá menos. Estará dormindo lá pela meia-noite, o mais tardar.

Ela diz a Richie: "Adivinha o que nós vamos fazer hoje? Vamos fazer um bolo para o aniversário do seu pai. Nossa, quanto trabalho nós temos pela frente".

Ele balança a cabeça com gravidade, pensativo. Não parece de todo convencido a respeito de alguma coisa.

"Vamos fazer para ele o melhor bolo que ele já viu. O melhor de todos. Você não acha que essa é uma boa ideia?"

De novo, Richie balança a cabeça. Ele espera para ver o que vai acontecer a seguir.

Laura espia o filho através dos arabescos sinuosos da fumaça do cigarro. Não voltará lá para cima, para seu livro. Vai ficar onde está. Vai fazer o que é necessário, e mais.

MRS. DALLOWAY

CLARISSA VOLTA PARA A SPRING STREET com sua braçada de flores. Imagina Barbara do outro lado da porta, ainda envolta na penumbra amena, a viver no que agora ela não pode evitar de pensar como sendo o passado (tem a ver, de algum modo, com a mágoa de Barbara e com a prateleira de fitas na parede dos fundos), ao passo que ela pisa no presente, em tudo isto: o menino chinês descendo em disparada numa bicicleta; o número 281 escrito em dourado no vidro escuro; o bando de pombos com pés cor de borracha de apagar lápis (um dia entrou um pássaro pela janela aberta da sala de aula, no quarto ano, violento, horrível); a Spring Street; e ela, com um imenso buquê de flores. Vai dar uma passada no apartamento de Richard para ver como está indo (não adianta ligar, ele nunca atende), mas antes para, tímida, ansiosa, a poucos metros do trailer de onde surgiu a cabeça famosa. Uma pequena multidão se formou ali, na sua maioria turistas, e Clarissa se posiciona atrás de duas mocinhas, uma com o cabelo tingido de amarelo-canário, a outra de louro-platinado. Clarissa se pergunta se teriam tido a intenção de aludir, assim tão explicitamente, ao sol e à lua.

Sol diz a Lua: "Era Meryl Streep, é claro que era".

Clarissa se emociona, apesar dos pesares. Ela estava certa. Sente uma satisfação surpreendentemente intensa em saber que sua visão era partilhada por mais alguém.

"De jeito nenhum", diz Lua. "Era Susan Sarandon."

Não era, pensa Clarissa, Susan Sarandon. Podia ter sido Vanessa Redgrave, mas com certeza não era Susan Sarandon.

"Não era", diz Sol, "era Meryl Streep. Pode apostar."

"Não era, não."

"Era. Porra, se era."

Clarissa fica ali parada com uma sensação de culpa, com as

flores no braço, torcendo para que a estrela apareça de novo, constrangida com seu interesse. Ela não é dada a bajular celebridades, não mais do que a maioria das pessoas, mas não consegue evitar a atração exercida pela aura da fama — mais do que fama, imortalidade mesmo — que a presença de uma estrela de cinema num trailer, na esquina da MacDougal com a Spring, sugere. Essas duas moças paradas ao lado de Clarissa, uns vinte anos, se tanto, desafiadoramente corpulentas, esboroadas uma em cima da outra, carregando sacolas coloridas de lojas populares; essas duas moças se tornarão mulheres de meia-idade, depois velhas, vão murchar ou inflar; os cemitérios onde forem enterradas acabarão arruinados, com mato crescendo em volta, cães perambulando à noite; e, quando tudo que restar dessas moças for um punhado de obturações de prata perdidas na terra, a mulher no trailer, seja ela Meryl Streep, Vanessa Redgrave ou mesmo Susan Sarandon, ainda será conhecida. Ela existirá nos arquivos, nos livros; sua voz gravada será guardada entre outros objetos preciosos e venerados. Clarissa se deixa ficar parada ali, tola como qualquer fã, por mais alguns minutos, na esperança de ver a estrela surgir. Sim, só mais alguns minutos, antes que a humilhação se torne simplesmente demais. Ela permanece diante do trailer com suas flores. Vigia a porta. Depois de alguns minutos (quase dez, embora deteste admiti-lo), parte de supetão, indignada, como se tivesse sido enganada, e caminha os poucos quarteirões que restam até o apartamento de Richard.

Essa região já foi, um dia, o centro de algo novo e sem regras; algo mal-afamado; uma parte da cidade onde bares e cafés ecoavam a noite inteira com o som das guitarras; onde as lojas que vendiam livros e roupas cheiravam como ela imaginava que deviam cheirar os bazares árabes: incenso e poeira fecunda, estercada, algum tipo de madeira (cedro? canforeira?), alguma coisa apodrecendo frutífera, fertilmente; onde parecia possível, bastante possível, passar diante da porta errada, ou pela viela errada, e encontrar seu destino: não apenas a ameaça rotineira de assalto e danos físicos, mas algo mais perverso e transformador, mais permanente. Aqui, bem aqui, nessa esquina, parara com Richard quando ele tinha dezenove anos — quando era um rapaz de cabelos castanhos e feições firmes, olhos duros, não de todo belo, com um pescoço muito claro, impossivelmente comprido e gracioso —, foi ali que pararam, discutindo... sobre o quê? Um beijo? Será que Richard a beijou ou será que ela, Clarissa, apenas acreditou que Richard estava prestes a beijá-la e escapou? Aqui, nessa esquina (em frente ao que um dia foi a lojinha que vendia seda para enrolar baseado, cachimbo de haxixe e coisas do gênero e onde hoje funciona uma delicatéssen), eles tinham se beijado, ou não tinham se beijado, com certeza tinham discutido, e aqui, ou em algum outro lugar, logo depois disso, haviam encerrado a curta experiência, porque Clarissa queria sua liberdade e Richard queria, bom, coisas demais, como sempre, não é mesmo? Ele queria coisas demais. Ela lhe disse que o que ocorrera durante o verão fora exatamente isso, algo ocorrido durante um verão. Por que ele haveria de querê-la, uma moça esquisita, desconfiada, uma verdadeira tábua, sem peito (como é que poderia confiar em seu desejo?), quando ele conhecia tão bem quanto ela a inclinação de seus anseios mais profundos e quando ele tinha Louis, que o venerava, de membros desajeitados, nem um pouco burro, um rapaz que Michelangelo teria tido prazer em desenhar? No fundo, não seria ela apenas mais uma criação poética, uma concepção de Richard? Eles não tiveram uma grande briga, nem uma briga espetacular, apenas um arranca-rabo numa esquina — nunca se cogitou, mesmo então, que causasse algum dano profundo à amizade entre os dois — e, no entanto, ao lembrar, parece tão definitivo; é como se aquele tivesse sido o momento no qual um possível futuro acaba e um novo começa. Naquele dia, depois da discussão (ou quem sabe antes), Clarissa tinha comprado um pacote de incenso e uma jaqueta cinza de alpaca, de segunda mão, com botões em forma de rosa, talhados em osso. Richard acabara indo para a Europa com Louis. O quê, Clarissa se pergunta agora, teria acontecido com a jaqueta de alpaca? Parece-lhe que fora sua durante anos e anos e, de repente, sumira.

Ela dobra a Bleecker, sobe a Thompson. O bairro, hoje em dia, é uma imitação de si mesmo, um carnaval aguado para turistas, e Clarissa, aos cinquenta e dois anos, sabe que por trás dessas portas, ao longo dessas vielas, não há nada mais do que gente vivendo sua vida. Grotescamente, alguns dos bares e cafés continuam funcionando, reformados para se parecerem com eles mesmos, em benefício dos alemães e japoneses. As lojas vendem, todas elas, essencialmente as mesmas coisas: camisetas de suvenir, berloques de prata, jaquetas de couro baratas.

No prédio de Richard, atravessa a porta do vestíbulo e, como sempre, a palavra *esquálido* lhe vem à mente. Chega a ser quase engraçado, o modo como a entrada do prédio de Richard demonstra, à perfeição, o conceito de esqualidez. O hall é tão óbvia e horrendamente esquálido que ainda hoje a surpreende um pouco, mesmo após tantos anos. Surpreende-a quase da mesma maneira como um objeto raro e extraordinário, uma obra de arte, surpreende sempre; pelo simples fato de continuar, através dos tempos, de forma absoluta e total, a ser o que sempre foi. Eis aqui, outra vez, surpreendentemente, as paredes desbotadas de um bege amarelado, mais ou menos da cor de um biscoito de araruta; eis aqui o painel fluorescente no teto, emitindo seu brilho hesitante, líquido. O pior — muito pior — é que a exígua entrada do prédio tinha sido reformada, mal e porcamente, uma década atrás. O saguão é bem mais desanimador agora, com seu linóleo branco encardido imitando tijolos e sua figueira artificial, do que teria sido em sua decrepitude original. Apenas os antigos painéis de mármore — um mármore da cor do palombino, estriado de azul e cinza, recoberto por uma película amarelada, carregada e esfumaçada, qual um finíssimo queijo maduro, e que agora encontra um eco pavoroso nas paredes amarelas — sugerem que esse já foi um prédio de algum prestígio; que se nutriram esperanças aqui; que, ao entrar no saguão, esperava-se que as pessoas se sentissem caminhando de maneira ordenada rumo a um futuro onde houvesse algo que valia a pena ter.

Ela entra no elevador, uma minúscula câmara de brilho intenso, alvejado, apainelado com metal imitando madeira, e aperta o botão para o quinto andar. Nada acontece. Claro. Funciona só de vez em quando; na verdade, é quase um alívio abandoná-lo e subir as escadas. Clarissa calca o dedo no botão marcado com "PO", branco e rachado, e, depois de uma hesitação nervosa, a porta se abre de novo com algum estrépito. Sempre teve medo de ficar presa entre dois andares, num desses elevadores — pode muito bem imaginar a longa, longa espera; os gritos pedindo socorro para moradores que podem ou não falar inglês e que podem ou não querer intervir; o estranho receio mortal, paralisante, de ficar ali sozinha, por um bom tempo, dentro daquele vazio brilhante, cheirando a mofo, olhando ou não para seu reflexo distorcido no opaco espelhinho redondo preso no canto superior à direita. É melhor, muito melhor, encontrar o elevador totalmente inoperante e subir os cinco andares. É melhor ser livre.

Ela sobe as escadas, sentindo-se ao mesmo tempo fatigada e nupcial — virginal — com sua braçada de flores. O piso dos degraus, lascados, gastos no centro, é feito de algum material estranho, de um preto leitoso, como borracha. Em cada um dos quatro patamares, há uma janela oferecendo uma visão diferente das roupas penduradas nos varais: lençóis floridos, roupas de criança, calças de abrigo; tudo novo, tudo lúgubre, tudo barato; nem de longe lembram aqueles varais antiquados — meias escuras e lingerie trabalhada, chambres de cores desmaiadas, camisas brancas luminosas — que teriam feito o poço de ventilação parecer algo comum, mas maravilhoso, relíquia de uma outra época. Esquálido, ela pensa de novo. Simplesmente esquálido.

O hall de Richard, pintado com a mesma cor de bolacha de araruta, continua ladrilhado como devia ter sido na virada do século (o linóleo some, misteriosamente, no segundo andar); o chão, margeado por um mosaico de flores geométricas de um amarelo-claro, ostenta uma única ponta de cigarro, manchada de batom vermelho. Clarissa bate na porta de Richard, espera um instante, bate de novo.

"Quem é?"

"Sou eu."
"Quem?"
"Clarissa."
"Ah, Mrs. D. Entre."

Não seria hora, ela pensa, de acabar com o velho apelido? Se um dia ele estiver bom o bastante, tocará no assunto: Richard, não acha que já é hora de me chamar apenas de Clarissa?

Ela abre a porta com a chave que tem. Ouve Richard falando na outra sala, numa voz suave, de quem se diverte, como se estivesse transmitindo segredos escandalosos. Não saberia dizer que palavras ele articula — consegue ouvir apenas *arremesso* e depois a risada baixa, quase um ronco, um som ligeiramente dolorido, como se a risada fosse algo afiado que tivesse ficado preso em sua garganta.

Bem, pensa Clarissa, quer dizer então que é mais um daqueles dias — com certeza não é um bom momento para tocar no assunto de nomes.

Como evitar de se sentir ressentida com Evan e todos os outros que obtiveram as novas drogas a tempo; com todos os homens e mulheres de sorte (sendo que "sorte", claro, é um termo relativo aqui), cujas mentes o vírus ainda não transformou num rendilhado? Como deixar de sentir raiva em nome de Richard, cujos músculos e órgãos foram revitalizados pelas novas descobertas, mas cuja mente parece ter ficado aquém de qualquer tipo de conserto, exceto aquele que garante alguns dias bons, entre os maus.

O apartamento está, como sempre, fechado e na penumbra, superaquecido, recendendo ao incenso de salva e zimbro que Richard acende para encobrir os cheiros da doença. É um apartamento indizivelmente atulhado, habitado aqui e acolá por um círculo lívido da não escuridão pulverizada que emana dos abajures marrons, nos quais Richard não tolera nenhuma lâmpada com mais de quinze watts. O apartamento tem, mais do que qualquer outra coisa, uma atmosfera subaquática. Clarissa atravessa-o como se estivesse cruzando o porão de um navio naufragado. Não ficaria de todo surpresa se um pequeno cardume de peixes prateados passasse disparado na meia-luz. De fato, esses cômodos não parecem fazer parte do prédio onde por acaso se encontram, e quando Clarissa entra, fechando com um rangido a porta enorme atrás de si, com suas quatro fechaduras (duas delas quebradas), sente-se, sempre, como alguém transpondo uma distorção dimensional — atravessando o espelho, por assim dizer; como se o saguão, a escada e o hall existissem inteiramente num outro reino; num outro tempo.

"Bom dia", ela diz.

"Ainda é dia?"

"É."

Richard está no segundo aposento. O apartamento contém apenas dois cômodos: a cozinha (pela qual se entra) e o outro grande cômodo, onde a vida de Richard (o que resta dela) transcorre. Clarissa atravessa a cozinha, com seu fogão arcaico e sua grande banheira branca (foscamente luminosa, feito mármore, na eterna penumbra do aposento), seu leve cheiro de gás e de comida velha, suas pilhas de caixinhas de papelão cheias de... quem vai saber do quê?, seu espelho oval na moldura dourada que devolve (sempre um choque ligeiro, não importa o quanto seja esperado) seu reflexo pálido. Com o correr dos anos, ela se acostumou a ignorar o espelho.

Eis aqui a cafeteira italiana que ela comprou para ele, toda de aço cromado e preto, começando a se integrar ao aspecto geral de desuso empoeirado. Eis aqui as panelas de cobre que ela comprou.

Richard, na outra sala, senta-se em sua cadeira. As cortinas estão cerradas e todos os seis ou sete abajures acesos, embora o produto total, débil, mal chegue ao poder de iluminação de uma lâmpada de mesa comum. Richard, no canto oposto, em seu absurdo roupão de flanela (uma versão em tamanho adulto de um roupão infantil, azul-escuro, coberto com foguetes e astronautas de capacete), é tão macilento e majestoso, e tão tolo, quanto uma rainha afogada ainda sentada em seu trono.

Ele parou de cochichar. Senta-se com a cabeça jogada um tanto para trás, de olhos fechados, como se ouvisse música.

"Bom dia, meu querido", Clarissa diz outra vez.
Ele abre os olhos. "Olha só todas essas flores."
"São para você."
"Eu morri?"
"São para a festa. Como está a dor de cabeça, hoje?"
"Melhor. Obrigado."
"Você dormiu?"
"Não me lembro. Dormi. Acho que sim. Obrigado."
"Richard, está um lindo dia de verão. Que tal se eu deixar entrar um pouco de luz?"
"Como queira."
Ela vai até a janela mais próxima e, com certa dificuldade, levanta o pano de lona. Uma luz tímida — que bate oblíqua entre o prédio de Richard e seu irmão gêmeo de tijolos cor de chocolate, a quatro metros e meio de distância — entra na sala. Do outro lado da viela estão a janela de uma velha viúva rabugenta, com seus bibelôs de vidro e cerâmica no parapeito (um burrico puxando uma carroça, um palhaço, um esquilo sorridente), e as venezianas de madeira. Clarissa se vira. O rosto de Richard, com suas dobras ocas e fundas de carne, sua testa alta e brilhante e o nariz quebrado de pugilista, parece erguer-se do escuro como uma escultura submersa que fosse içada para fora da água.
"Muita luz", ele diz.
"A luz faz bem."
Ela vai até ele, beija a curva de sua testa. Assim de perto, sente o cheiro de seus vários humores. Seus poros, além do suor familiar (que sempre teve um cheiro gostoso, a seu ver, de amido e fermento; aguçado como um vinho), destilam também o odor dos remédios, um cheiro adocicado, polvorento. Cheira também a toalhinha de banho suja (embora tudo vá para a lavanderia, uma vez por semana ou mais) e — ligeira, horrivelmente (é seu único cheiro repelente) — a cadeira em que passa os dias.

A cadeira de Richard é insana; ou, melhor dizendo, é a cadeira de alguém que, se não de todo insano, deixou as coisas esboroarem a tal ponto, aproximou-se de tal maneira da renúncia exausta aos cuidados pessoais mais comuns — simples higiene, alimentação regular —, que fica difícil apontar a diferença entre insanidade e desesperança. A cadeira — uma poltrona vetusta, quadrada, superestofada e obesa, equilibrada sobre pernas finas de madeira clara — é ostensivamente capenga e inútil. Estofada com algum tecido encaroçado, sem cor, que lembra lã, é toda costurada (esse, por algum motivo, é seu aspecto mais sinistro) com fio prateado. Seus braços quadrados e seu encosto estão tão gastos, tão escurecidos pela aplicação contínua de fricção e óleos humanos, que lembram as partes mais macias do couro de um elefante. Suas molas se fizeram visíveis — rolos perfeitos de anéis pálidos e enferrujados — através não apenas da almofada do assento como também da toalha amarela fininha que Richard pôs por cima. A poltrona tem um cheiro fétido, úmido, de falta de banho; cheira a podridão irreversível. Se for jogada na rua (*quando* for jogada na rua), ninguém a apanhará. Richard não quer nem ouvir falar em substituí-la.

"Eles vieram, hoje?", Clarissa pergunta.

"Não", Richard responde, com a candura relutante de uma criança. "Eles foram embora. Eles são muito lindos e muito terríveis."

"Eu sei", ela diz. "Eu sei."

"Penso neles como coalescências de fogo negro, quer dizer, eles são escuros e brilhantes, ao mesmo tempo. Tinha um que parecia um pouco com uma água-viva negra, elétrica. Estavam cantando, agorinha há pouco, numa língua estrangeira. Acho que devia ser grego. Grego antigo."

"Tem medo deles?"

"Não. Bom, de vez em quando."

"Acho que vou dar uma palavrinha com Bing para aumentar sua medicação, que tal?"

Ele solta um suspiro cansado. "O fato de às vezes eu não ouvi-los nem vê-los não significa que foram embora."

"Mas se você não os escuta, se você não os vê", Clarissa diz, "pode repousar um pouco. Falando sério, você não dormiu quase nada ontem à noite, dormiu?"

"Um pouquinho. Não me preocupo muito com o sono. Estou muito mais preocupado com você. Está me parecendo tão magra, hoje. Como é que *você* está indo?"

"*Estou* ótima. Só posso ficar uns minutos. Preciso pôr as flores na água."

"Certo, certo. As flores, a festa. Minha nossa."

"Eu vi uma estrela de cinema, quando vinha para cá", diz Clarissa. "Desconfio que pode ser um bom sinal, você não acha?"

Richard sorri tristonhamente. "Ah, bom, os sinais. Você acredita em sinais? Acha que prestam tanta atenção assim em nós? Acha que se preocupam tanto conosco? Minha nossa, não seria maravilhoso? Bom, vai ver que é."

Ele não pergunta o nome da atriz; na verdade Richard não liga. É o único dos conhecidos de Clarissa que não nutre o menor interesse por pessoas famosas. De fato não reconhece tais distinções. Clarissa acha que isso é fruto da combinação de um ego monumental com algum tipo de sabedoria. Richard não consegue imaginar uma vida mais interessante ou válida do que aquela sendo vivida por seus conhecidos e por si mesmo e, por esse motivo, muitas vezes as pessoas se sentem enaltecidas, crescidas, em sua presença. Ele não é um daqueles egotistas que miniaturizam os outros. É o tipo oposto de egotista, impelido pela grandiosidade, em lugar da cobiça, e se insiste numa versão sua mais engraçada e estranha, mais excêntrica e profunda do que você imagina — capaz de provocar mais benefícios e danos ao mundo do que você jamais suspeitou —, fica quase impossível não acreditar, pelo menos na presença dele, e por uns tempos depois disso, que ele é o único que enxerga a verdadeira essência, que pesa as verdadeiras qualidades (nem todas elas necessariamente elogiosas — uma certa grosseria desajeitada, infantil, é parte de seu estilo) e que aprecia você de uma forma muito mais completa do que qualquer outra pessoa jamais o fez. É só depois de conhecê-lo melhor que se começa a perceber que, para ele, você é uma personagem essencialmente fictícia, alguém por ele investido de capacidades quase ilimitadas para a tragédia e a comédia, não porque essa seja sua verdadeira natureza, mas sim porque ele, Richard, precisa viver num mundo povoado por figuras extremas e poderosas. Algumas pessoas romperam relações para não ter de continuar como figurantes do poema épico que ele não para de compor na cabeça, a história de sua vida e paixões; outros, no entanto (Clarissa entre eles), sentem prazer no sentido de hipérbole que Richard traz para suas vidas, acabam dependendo dela, da mesma forma como dependem de café para acordá-las de manhã e de um ou dois drinques para adormecer à noite.

Clarissa diz: "As superstições são um conforto, às vezes. Não sei por que você se nega tão terminantemente todos os confortos".

"Nego? Bom, não é minha intenção. Eu gosto de confortos. Alguns. De alguns, gosto muito."

"Como *está* se sentindo?"

"Bem. Muito bem. Meio efêmero. Vivo sonhando que estou sentado numa sala."

"A festa é às cinco, lembra-se? A festa é às cinco e a cerimônia é depois, às oito. Você não se esqueceu disso, esqueceu?"

Ele diz: "Não".

Depois diz: "Sim".

"Esqueceu ou não esqueceu?"

"Desculpe. Eu vivo achando que as coisas já aconteceram. Quando você me perguntou se eu não tinha me esquecido da festa e da cerimônia, pensei que você estivesse me perguntando se eu tinha esquecido de ter estado nelas. E eu não tinha. Parece que eu saí do tempo."

"A festa e a cerimônia são hoje à noite. No futuro."

"Eu compreendo. De um certo modo, eu compreendo. Mas é que parece que eu já fui ao futuro, também. Tenho uma lembrança nítida da festa que ainda não aconteceu. Lembro-me perfeitamente da cerimônia de entrega do prêmio."

"Eles lhe trouxeram o café da manhã, hoje?"

"Que pergunta. Trouxeram."

"E você comeu?"

"Lembro de ter comido. Mas é possível que eu só tenha

feito menção de comer. Tem alguma bandeja de café da manhã por aí?"

"Não que eu veja."

"Então eu suponho que consegui comer. Comida não importa grande coisa, não é mesmo?"

"Comida importa e muito, Richard."

Ele diz: "Não sei se serei capaz de aguentar, Clarissa".

"Aguentar o quê?"

"Sentir orgulho e ser corajoso na frente de todo mundo. Lembro-me com a maior clareza. Lá estou eu, um farrapo doente, louco, estendendo as mãos trêmulas para receber meu pequeno troféu."

"Querido, você não precisa se sentir orgulhoso. Não precisa ser corajoso. Isso não é uma representação."

"Claro que é. Eu recebi um prêmio pela minha atuação, você sabe muito bem disso. Recebi um prêmio por ter aids e por estar ficando louco e por ser corajoso, não teve nada que ver com meu trabalho."

"Para com isso. Por favor. Tem tudo a ver com seu trabalho."

Richard inspira e solta uma baforada úmida, vigorosa. Clarissa pensa em seus pulmões, almofadas de um vermelho reluzente com bordados intrincados de veias. Perversamente, são os órgãos menos afetados pela doença — por motivos desconhecidos, continuam a salvo do vírus. Com aquele suspiro potente, os olhos parecem encontrar seu foco, ganhar profundidades mais verdes.

"Você não acha, não é mesmo, que eles me dariam se eu estivesse com saúde?"

"Mas é claro que sim. Claro que dariam."

"Por favor."

"Bom, então quem sabe você devesse recusá-lo."

"Isso é que é horrível. Eu quero o prêmio. Quero muito. Seria muito mais fácil se a gente ligasse ou mais, ou menos, para os prêmios. Ele está aqui?"

"O quê?"

"O prêmio. Eu gostaria de dar uma olhada nele."

"Você ainda não recebeu. Vai ser hoje à noite."

"Ah, é. Certo. Hoje à noite."

"Richard, querido, escute só. Isso pode ser muito simples. Você pode ter um prazer muito simples e direto com a coisa. Eu estarei lá com você, todos os minutos."

"Tomara que sim."

"É uma festa. Só uma festa. Todinha cheia de gente que respeita e admira você."

"É mesmo? Quem?"

"Você sabe quem. Howard. Elisa. Martin Campo."

"Martin Campo? Ai, senhor."

"Pensei que gostasse dele. Você sempre disse que gostava."

"É, disse. Eu suponho que o leão também acaba gostando do tratador."

"Martin Campo nunca deixou de publicar seu trabalho, durante mais de trinta anos."

"Quem mais vai estar?"

"Nós já repassamos a lista mais de uma vez. Você sabe quem vai estar lá."

"Diga só mais um nome, só mais um. Diga-me o nome de alguém heroico."

"Martin Campo é heroico, você não acha? Ele gastou a fortuna inteira da família para publicar livros importantes, difíceis, que sabe que não vão vender."

Richard fecha os olhos e repousa a cabeça emaciada no encosto gasto e oleoso da poltrona. "Tudo bem, então."

"Você não precisa cativar nem entreter ninguém. Você não precisa representar. Essas pessoas acreditam em você faz muito, muito tempo. Tudo o que tem a fazer é aparecer, sentar no sofá, com ou sem um copo na mão, escutar ou não escutar, sorrir ou não sorrir. Só isso. Eu tomo conta de você."

Ela gostaria de pegá-lo pelos ombros ossudos e sacudi-lo, bem forte. Richard pode (embora hesite um pouco em pensar nesses termos) estar entrando para o cânon; pode, nesses últimos momentos de sua carreira terrena, estar recebendo os primeiros indícios de um reconhecimento que se projetará futuro afora (presumindo-se, é claro, que haja um futuro). Um prêmio como esse significa mais do que a atenção de um congresso de poetas e acadêmicos; significa que a própria literatura (cujo futuro está sendo forjado bem neste momento) parece sentir necessidade da contribuição especial de Richard: de seus lamentos prolixamente provocativos a respeito de mundos que estão sumindo ou que já desapareceram por completo. Ainda que não haja garantias, parece possível, e talvez até mais que possível, que Clarissa e um pequeno grupo estivessem certos o tempo todo. Richard, o opaco, o melancólico, o esmiuçador; Richard, que observou com tanta minúcia, tamanha precisão, que tentou dividir o átomo com palavras, sobreviverá depois que outros nomes, mais famosos, tiverem desaparecido.

E Clarissa, a amiga mais antiga, sua primeira leitora — Clarissa que o vê todos os dias, quando até mesmo alguns de seus amigos mais recentes imaginam que já esteja morto —, está lhe oferecendo uma festa. Clarissa está enchendo sua casa de flores e velas. Por que não haveria de querer que ele fosse?

Richard diz: "Na verdade não precisam de mim lá, não é mesmo? A festa pode seguir em frente só com a ideia de mim. A festa já aconteceu, na verdade, com ou sem mim".

"Agora você está passando da conta. Vou acabar perdendo a paciência já, já."

"Não, por favor, não fique brava. Ai, Mrs. D., a verdade é que eu me sinto constrangido de ir a essa festa. Eu fracassei tão tenebrosamente."

"Não fale isso."

"Não, não. Você é boa, você é muito boa, mas eu fracassei e pronto. Foi tudo demais para mim. Eu achava que era maior do que era. Será que posso lhe contar um segredo embaraçoso? Uma coisa que eu nunca contei a ninguém?"

"Claro que pode."

"Eu achava que era um gênio. Cheguei inclusive a usar a palavra, sozinho, comigo mesmo."

"Bom..."

"Ah, orgulho, orgulho. Eu estava tão enganado. Fui derrotado. Era pura e simplesmente intransponível. Havia tanto, era demais para mim. Quer dizer, tem o clima, tem a água e a terra, tem os animais, os prédios, o passado e o futuro, tem o espaço, tem a história. Tem esse fio, ou alguma coisa presa entre os meus dentes, tem a velha do outro lado da viela, você reparou que ela mudou o burrico e o esquilo de lado, no parapeito? E, é claro, tem o tempo. E o lugar. E tem você, Mrs. D. Eu queria tanto contar parte da história de parte de você. Ah, eu teria adorado fazer isso."

"Richard. Você escreveu um livro inteiro."

"Mas ficou tudo de fora dele, quase tudo. E aí eu encaixei um final chocante e pronto. Olha, na verdade eu não estou tentando te comover. Nós queremos tanta coisa, não é mesmo?"

"É. Suponho que sim."

"Você me beijou na beira de um lago."

"Dez mil anos atrás."

"Ainda está acontecendo."

"Num certo sentido, está."

"Na realidade. Está acontecendo naquele presente. Isto está acontecendo neste presente."

"Você está cansado, querido. Precisa descansar. Vou dar uma ligada para Bing, falar sobre seus remédios, certo?"

"Mas eu não consigo, não consigo descansar. Venha cá, chegue mais perto, por favor."

"Estou bem aqui."

"Mais perto. Pegue minha mão."

Clarissa pega uma das mãos de Richard. Fica surpresa, mesmo agora, com sua fragilidade — com sua semelhança palpável com um maço de gravetos.

Ele diz: "Aqui estamos. Você não acha?".

"Como assim?"

"Somos de meia-idade e somos dois jovens amantes parados na beira de uma lagoa. Somos tudo, ao mesmo tempo. Não é extraordinário?"

"É."

"Não me arrependo de nada, no fundo, só disso. Eu queria

escrever sobre você, sobre nós, na verdade. Sabe o que estou querendo dizer? Eu queria escrever sobre tudo, sobre a vida que estamos vivendo e sobre as vidas que poderíamos ter vivido. Eu queria escrever sobre todas as maneiras como podemos morrer."

"Não se arrependa de nada, Richard", Clarissa diz. "Não tem por quê, você já fez tanto."

"Bondade sua dizer isso."

"Você precisa agora é de uma soneca."

"Acha mesmo?"

"Acho."

"Então está bem."

Ela diz: "Eu venho ajudar você a se vestir. Que tal às três e meia?".

"É sempre um grande prazer vê-la, Mrs. Dalloway."

"Agora eu vou indo. Preciso pôr as flores na água."

"Claro. As flores, claro."

Ela toca nos ombros magros com a ponta dos dedos. Como é possível que sinta remorso? Como pode imaginar, mesmo agora, que eles poderiam ter tido uma vida em comum? Poderiam ter sido marido e mulher, feitos um para o outro, com amantes diversos nas horas vagas. Há maneiras de se administrar.

Richard já fora ávido, alto, rijo, brilhante e pálido como leite. Um dia passeou por toda Nova York com um velho sobretudo militar, falando animadamente, com a cabeleira escura amarrada com impaciência para longe do rosto com uma fita azul que ele achara na rua.

Clarissa diz: "Fiz o prato de caranguejo. Não que eu esteja usando isso como algum tipo de chamariz".

"Ai, você sabe muito bem como eu adoro esse prato de caranguejo. Isso muda tudo, claro que muda. Clarissa?"

"Sim?"

Ele ergue sua imensa cabeça devastada. Clarissa vira o rosto de lado e recebe o beijo de Richard na face. Não é uma boa ideia beijá-lo na boca — um resfriadinho comum pode ser para ele um desastre. Clarissa recebe o beijo na face, aperta o ombro magro de Richard com a ponta dos dedos.

"Eu venho às três e meia."

"Maravilha", diz Richard. "Maravilha."

MRS. WOOLF

Ela espia o relógio sobre a mesa. Passaram-se quase duas horas. Ainda se sente vigorosa, embora saiba que no dia seguinte talvez olhe para o que escreveu e ache tudo aéreo, descomedido. É sempre melhor o livro que se tem na cabeça do que aquele que se consegue pôr no papel. Toma um gole do café frio e se permite ler o que escreveu até o momento.

Parece bom o bastante; certos trechos parecem bem bons. Ela nutre esperanças fartas, é claro — quer que esse seja seu melhor livro, aquele que finalmente fará jus a suas expectativas. Mas será que um único dia na vida de uma mulher comum pode conter o suficiente para um romance? Virginia bate nos lábios com o polegar. Clarissa Dalloway morrerá, disso ela tem certeza, embora ainda seja muito cedo para dizer como ou até mesmo exatamente por quê. De todo modo, vai acabar com a própria vida. Sim, ela fará isso.

Virginia larga a caneta. Gostaria de escrever o dia todo, de encher trinta páginas, em vez de três, mas, após as primeiras horas, alguma coisa lá dentro falha e ela receia, caso ultrapasse os limites, prejudicar toda a empreitada. Receia se perder num reino de incoerências, do qual talvez nunca mais retorne. Ao mesmo tempo, detesta passar qualquer das horas válidas que tem fazendo outra coisa que não seja escrever. Trabalha, sempre, temendo a recaída. Primeiro vêm as dores de cabeça, que não são de forma alguma uma dor comum ("dor de cabeça" sempre lhe pareceu um termo inadequado para elas, mas chamá-las de qualquer outro modo seria melodramático demais). Elas se infiltram. Mais do que simplesmente afligi-la, instalam-se, do jeito como os vírus se instalam e habitam seus hospedeiros. Fiapos de dor se anunciam, atirando lascas de brilho nos olhos, de modo tão insistente que tem de lembrar a si mesma que os outros não podem vê-los. Vê-se colonizada por uma dor que cada vez mais depressa vai tomando o lugar daquilo que ela era, num avanço tão violento, com contornos pontiagudos tão nítidos, que não consegue deixar de imaginar que seja uma entidade com vida própria. Às vezes aparece enquanto cruza a praça com Leonard, uma massa branco-prateada e cintilante a flutuar sobre os paralelepípedos, os ferrões dispostos ao acaso, fluida, mas inteira, como uma água-viva. "O que é isso?", Leonard perguntaria. "É minha dor de cabeça", responderia ela. "Por favor, ignore-a."

A dor de cabeça está sempre por perto, esperando, e seus períodos de liberdade, por mais longos que sejam, parecem sempre provisórios. Às vezes a dor de cabeça toma posse dela apenas parcialmente, por uma tarde, um dia ou dois, depois se retira. Às vezes fica e cresce, até que ela própria se esvai. Nessas ocasiões, a dor de cabeça sai do crânio e muda-se para o mundo. Tudo cintila e pulsa. Tudo se torna infectado de brilho, latejando com ele, e ela reza para que venha a escuridão como um peregrino perdido no deserto reza por água. O mundo se torna tão carente de escuridão quanto um deserto de água. Não há nada escuro no quarto de venezianas fechadas, não há escuro por trás das pálpebras. Existem apenas graus menores e maiores de fulgor. Quando cruza a soleira desse reino de luminosidade incessante, as vozes começam. Às vezes são baixas, resmungos sem corpo que surgem do próprio ar; às vezes emanam de trás da mobília ou de dentro das paredes. São indistintas, mas cheias de significado, inegavelmente masculinas, obscenamente velhas. São raivosas, acusatórias, desiludidas. Parecem às vezes estar conversando, aos sussurros, entre si; às vezes parecem recitar um texto. Por vezes, muito levemente, consegue distinguir uma palavra. Uma vez foi *arremesso* e *sob* em duas outras ocasiões. Um bando de pardais diante de sua janela uma vez cantou, inconfundivelmente, em grego. Esse estado a deixa triste feito o diabo; nesse estado é capaz de ganir para Leonard ou qualquer um que chegue perto dela (fervilhante de luz, como um demônio); e, no entanto, esse estado, quando se demora o bastante, também começa a encobri-

-la, hora após hora, como se fosse uma crisálida. Por fim, quando horas suficientes se passaram, ela emerge sangrenta, trêmula, mas plena de visão e pronta, após ter descansado, para trabalhar de novo. Tem pavor das recaídas na dor e na luz, mas desconfia que sejam necessárias. Está livre há um bom tempo, anos já. Sabe o quão repentinamente a dor de cabeça pode voltar, mas descarta a possibilidade na presença de Leonard, age com mais firmeza e saúde do que aquilo que sente na verdade. Ela voltará a Londres. Melhor morrer louca da silva em Londres do que evaporar em Richmond.

Decide, sem ter certeza absoluta, que encerrará as atividades por hoje. Sempre surgem essas dúvidas. Será que deveria tentar mais uma hora? Será que está sendo sensata ou preguiçosa? Sensata, diz a si mesma, e quase acredita. Já tem suas duzentas e cinquenta palavras, mais ou menos. Vamos parar por hoje. Tenha fé que você estará aqui, reconhecível a si própria, amanhã de novo.

Pega a xícara, com seus restos frios, sai do aposento e desce as escadas, até a sala da prensa, onde Ralph lê as provas à medida que Leonard termina.

"Bom dia." Ralph cumprimenta Virginia num tom animado e nervoso. O rosto plácido, largo e bonito está vermelho, a testa praticamente reluz, e ela vê de imediato que, para ele, não é de modo algum um bom dia. Leonard deve ter resmungado por causa de alguma ineficiência sua, recente ou do dia anterior, e agora Ralph lê as provas dizendo "Bom dia" com a ardência ruborizada de uma criança que foi repreendida.

"Bom dia", ela responde, numa voz cordial mas cuidadosamente impassível. Esses moços e moças, esses assistentes, vêm e vão; Marjorie já foi contratada (com seu jeito horroroso de arrastar as palavras, e onde estaria ela, agora?) para fazer os trabalhos que Ralph considera abaixo de suas capacidades. Não há de demorar muito, com certeza, até que Ralph, e depois Marjorie, parta e ela, Virginia, surja de seu gabinete para encontrar alguém novo lhe desejando um bom dia corado e modesto. Ela sabe que Leonard pode ser rabugento, ferino e quase impossivelmente exigente. Sabe que esses jovens muitas vezes são criticados injustamente, mas não ficará do lado deles. Não será a mãe que intervém, por mais que lhe implorem para fazê-lo com seus sorrisos ansiosos e seus olhos feridos. Ralph, afinal de contas, é preocupação de Lytton, e Lytton é bem-vindo. Assim como seus irmãos e irmãs por vir, ele seguirá em frente para fazer seja lá o que for que fazem no mundo — ninguém espera que façam do cargo de assistente de revisão uma carreira. Leonard pode ser autocrático, pode ser injusto, mas é seu companheiro e seu vigia, e ela não vai traí-lo, com certeza não pelo belo e imberbe Ralph, nem por Marjorie, com sua voz de periquito.

"São dez erros em oito páginas", diz Leonard. Os sulcos em volta da boca são tão fundos que se poderia enfiar uma moeda de um pêni lá dentro.

"Sorte ter encontrado todos", Virginia diz.

"Eles parecem se reunir em torno do meio. Você acredita que a má literatura atraia uma maior incidência de desastres?"

"Como eu adoraria viver num mundo em que isso fosse verdade. Vou dar uma volta para espairecer, depois volto ao trabalho."

"Estamos avançando bem", Ralph diz. "Acho que até o fim do dia teremos terminado."

"Estaremos com sorte", fala Leonard, "se tivermos terminado no fim da semana que vem."

Leonard faz uma carranca; o rosto de Ralph adquire um tom mais forte e preciso de vermelho. Claro, pensa ela. Ralph compôs os tipos e o fez sem cuidado. A verdade, ela pensa, senta-se calma e roliça, vestida de um cinza matriarcal, entre esses dois homens. Ela não está com Ralph, o jovem soldado de infantaria, que aprecia literatura mas aprecia também, com igual ou quem sabe maior fervor, o conhaque e os biscoitos que o esperam quando o trabalho do dia termina; que é uma criatura de bom coração, nada de excepcional, destinado, se tanto, a perpetuar no tempo de vida que lhe couber os assuntos comuns do mundo comum. Igualmente, a verdade não está (infelizmente) com Leonard, o brilhante e infatigável Leonard, que se recusa a ver a diferença entre um revés e uma catástrofe; que venera acima de tudo as realizações e se torna insuportável aos outros porque acredita, de fato, poder erradicar toda e qualquer incidência de ineficácia e mediocridade humanas.

"Tenho certeza", ela diz, "de que, se nos empenharmos todos, poderemos dar uma forma aceitável ao livro e ainda teremos um Natal."

Ralph sorri para ela com um alívio tão visível que sente ímpetos de esbofeteá-lo. O rapaz superestima suas simpatias — ela não falou em seu benefício e sim no de Leonard, da mesma maneira como sua mãe poderia não ter feito caso da trapalhada de um criado, durante o jantar, declarando em prol do marido e de todos os outros ali presentes que a terrina estilhaçada não significava nada; que o círculo de amor e clemência não poderia ser rompido; que tudo estava a salvo.

MRS. BROWN

A VIDA, LONDRES, ESTE MOMENTO DE JUNHO.
Laura começa a peneirar a farinha na vasilha azul. Do lado de fora da janela, existe um breve interlúdio de grama, separando as duas casas vizinhas; a sombra de um passarinho cruza o estuque branquíssimo da garagem ao lado. Por alguns instantes, ela sente uma satisfação profunda com a sombra da ave, as faixas brilhantes de branco e verde. A tigela sobre o balcão onde trabalha é de um azul pálido, meio apagado, com uma tira estreita de folhas brancas na borda. As folhas são idênticas, estilizadas, como se saídas de um desenho animado, tombadas em ângulos inclinados, e parece perfeito e inevitável que uma delas tenha sofrido um pequeno e exato talho triangular do lado. Uma chuva de farinha, fina e branca, cai na tigela.

"Pronto", ela diz a Richie. "Quer ver?"

"Quero."

Ela ajoelha para lhe mostrar a farinha peneirada. "Agora nós vamos ter que medir quatro xícaras. Minha nossa. Você sabe quanto é quatro?"

Ele ergue quatro dedos. "Ótimo. Muito bem."

Nesse momento, poderia devorá-lo, mas sem avidez, com adoração, infinitamente gentil, como costumava tomar a hóstia na boca, antes de se casar e se converter (a mãe nunca irá perdoá-la, nunca). Ela está cheia de um amor tão forte, tão sem ambiguidades, que parece apetite.

"Você é um menino tão bom, tão inteligente."

Richie sorri; olha ardorosamente para o rosto dela. Ela retribui. Eles param, imóveis, observando-se, e por alguns instantes ela é exatamente o que parece ser: uma mulher grávida, ajoelhada na cozinha com o filho de três anos de idade, que sabe contar até quatro. Ela é ela mesma e a imagem per-

feita de si; não há diferença. Vai fazer um bolo de aniversário
— apenas um bolo —, mas em sua cabeça, nesse instante, o
bolo é tão sofisticado e esplendoroso quanto qualquer fotografia em qualquer revista; é ainda melhor do que as fotografias de bolo nas revistas. Ela se imagina fazendo, com os materiais os mais humildes, um bolo com todo o equilíbrio e
autoridade de uma urna ou uma casa. O bolo falará de benesses
e delícias da mesma forma que uma boa casa fala de segurança e conforto. Isso, ela pensa, é o que os artistas ou arquitetos
devem sentir (é uma comparação horrivelmente grandiosa,
ela sabe, talvez até um pouco tola, mas e daí?) diante da tela,
da pedra, do óleo ou do cimento fresco. Pois então um livro
como *Mrs. Dalloway* já não foi um dia apenas papel em branco e um tinteiro? É apenas um bolo, diz consigo mesma. Mas
e daí? Existem bolos e bolos. Nesse momento, segurando
uma tigela cheia de farinha peneirada numa casa bem-arrumada, sob o céu da Califórnia, espera sentir-se tão satisfeita
e tão repleta de expectativas quanto um escritor pondo sua
primeira frase no papel, um arquiteto começando a desenhar
seus planos.

"Bacana", ela diz a Richie. "Você põe a primeira."

Ela lhe entrega um medidor de metal brilhante. É a primeira vez que lhe confiam uma tarefa como essa. Depois coloca no
chão uma segunda tigela, vazia, para ele. Ele segura o medidor
com as duas mãos.

"Lá vamos nós", ela diz.

Guiando as mãos de Richie com as suas, ela o ajuda a mergulhar o medidor na farinha. A caneca entra fácil no monte
e, através de suas paredes delgadas, ele sente a textura sedosa,
a ligeira granulação da farinha peneirada. Uma nuvem minúscula sobe na esteira do medidor. Mãe e filho suspendem-no de novo, cheio de farinha. A farinha cascateia pelos lados
prateados da caneca de medir. Laura diz ao menino para segurar firme e ele consegue fazê-lo, com um certo nervosismo; com um gesto rápido, ela dispensa o excesso formado no
topo e cria uma superfície branca impecável, no mesmo nível

da borda do medidor. Ele continua segurando a caneca com as duas mãos.

"Perfeito. Agora a gente despeja na outra tigela. Acha que consegue fazer isso sozinho?"

"Consigo", ele diz, embora não esteja nem um pouco certo disso. Ele acredita que essa xícara de farinha é única e insubstituível. Uma coisa é ser convocado para atravessar a rua com um repolho na mão, uma outra bem diferente é ser chamado a carregar a cabeça recém-escavada do Apolo de Rilke.

"Então lá vamos nós."

Com toda a cautela, Richie transporta o medidor até a outra tigela e o mantém ali, paralisado, acima daquela concavidade reluzente (é a vasilha imediatamente menor, de uma série de tigelas iguais, verde-claras, com a mesma faixa de folhas brancas na borda). Ele compreende que deve despejar a farinha na tigela, mas pode ser que tenha entendido mal as instruções e estrague tudo; pode ser que ao deixar cair a farinha cause alguma catástrofe maior, desestabilize algum equilíbrio precário. Quer olhar para o rosto da mãe, mas não consegue tirar os olhos do medidor.

"Vira a caneca", ela diz.

Ele vira, com um movimento apressado, temeroso. A farinha hesita por uma fração de segundo, depois cai. Cai solidamente, num monte que repete, de longe, a forma do medidor. Uma nuvem maior se ergue, quase lhe toca o rosto, depois some. Ele olha fixo para o que fez: uma colina branca, levemente granulada, salpicada de sombras insignificantes, destacando-se do branco brilhante, mais cremoso, do interior da tigela.

"Opa", diz a mãe.

Ele olha aterrorizado para ela. Os olhos se enchem de lágrimas.

Laura suspira. Por que ele é assim tão delicado, tão sujeito a ataques de um remorso inexplicável? Por que ela tem de ser tão cuidadosa com ele? Por instantes — apenas instantes — a aparência de Richie se transforma, de maneira sutil. Ele se torna maior, mais brilhante. A cabeça se expande. Um fulgor muito branco parece, momentaneamente, circundá-lo. Por instantes ela quer apenas ir embora — não machucá-lo, jamais faria uma coisa dessas — mas ser livre, inocente, irresponsável.

"Não, não", diz Laura. "Ótimo. Muito bem. Você fez certinho."

Ele sorri entre lágrimas, de repente orgulhoso de si, quase insanamente aliviado. Tudo certo, então; não foi preciso mais nada além de um punhado de palavras suaves, um pouco de incentivo. Ela suspira. Com delicadeza, toca no cabelo do filho.

"E então? Está pronto para pôr mais uma?"

Ele balança a cabeça com um entusiasmo tão sincero e desarmado que a garganta de Laura se contrai num espasmo amoroso. De repente parece fácil assar um bolo, criar um filho. Ela ama o filho, simplesmente, como as mães amam — não se ressente dele, não deseja ir embora. Ama o marido e sente-se feliz de estar casada. Parece possível (não parece impossível) que tenha cruzado uma linha invisível, a linha que sempre a separou daquilo que teria preferido sentir, daquilo que teria preferido ser. Não parece impossível que tenha sofrido uma transformação tênue mas profunda, aqui, nessa cozinha, nesse momento dos mais comuns: ela alcançou a si mesma. Trabalhou tanto tempo, com tal empenho, com tamanha boa-fé, e agora é capaz de viver feliz sendo ela mesma, do mesmo modo como uma criança aprende, num momento determinado, a se equilibrar em cima de uma bicicleta de duas rodas. Parece que ela vai ficar bem. Não perderá a esperança. Não se lamentará pelas possibilidades perdidas, pelos talentos inexplorados (e se não tiver talento nenhum, no fim das contas?). Continuará dedicada ao filho, ao marido, à casa e aos seus afazeres, a todos os seus dons. Ela vai querer esse segundo filho.

MRS. WOOLF

ELA SOBE A MOUNT ARARAT PLANEJANDO O SUICÍDIO de Clarissa Dalloway. Clarissa terá tido um amor: uma mulher. Ou, melhor, uma moça; sim, uma moça que conheceu quando menina; uma daquelas paixões que irrompem quando se é jovem — quando o amor e as ideias parecem de fato descobertas pessoais, nunca antes apreendidas daquele modo; durante aquele curto período da juventude em que você se sente livre para fazer ou dizer qualquer coisa; para chocar, para atacar; para recusar o futuro que lhe foi oferecido e exigir um outro, bem maior e estranho, de concepção e propriedade inteiramente suas, que não deva nada à velha tia Helena, que se acomoda todas as noites na mesma cadeira e se pergunta em voz alta se Platão e Morris seriam leituras apropriadas para mocinhas. Clarissa Dalloway, no começo da juventude, amará uma outra moça, pensa Virginia; Clarissa vai acreditar que há um futuro opulento e divertido abrindo-se à sua frente, mas, no fim (como, exatamente, será feita a mudança?), recobrará o bom senso, como fazem as jovens, e se casará com um homem adequado.

Sim, ela recobrará o bom senso e se casará.

Morrerá na meia-idade. Provavelmente vai se matar, por causa de alguma bobagem. (Como fazê-lo de modo convincente, trágico, em vez de cômico?)

Isso, é claro, ocorrerá mais adiante no livro e, até Virginia chegar lá, espera que sua natureza precisa se tenha revelado. Por enquanto, andando pelas ruas de Richmond, concentra-se na questão do primeiro amor de Clarissa. Uma moça. Uma moça ousada e sedutora. Que escandalizará as tias cortando fora os caules das dálias e malvas-rosa para fazê-las flutuar em grandes vasilhas com água, como a irmã de Virginia, Vanessa, faz sempre.

Na Mount Ararat Street, Virginia passa por uma mulher corpulenta, uma figura familiar que já viu várias vezes nas lojas, uma velha vigorosa e desconfiada, que passeia com dois pugs presos em coleiras cor de conhaque, levando uma bolsa colossal de tapeçaria na outra mão, e que, ao ignorar de maneira ostensiva a presença de Virginia, indica com toda clareza que ela, Virginia, estava de novo falando sozinha, sem perceber. Sim, quase pode ouvir seus resmungos, *escandalizará as tias*, ainda flutuando atrás dela, feito uma echarpe. Bom, e daí? Com a maior desfaçatez, depois que a mulher passa, Virginia volta a cabeça, preparada para enfrentar a espiadela sub-reptícia que a mulher lhe dará. Virginia cruza o olhar com o de um dos buldogues em miniatura, que a encara por sobre o ombro cor de corça com uma expressão de úmido e ofegante desconcerto.

Chega à Queen's Road e vira de volta, rumo à casa, pensando em Vanessa e nas flores decapitadas boiando em vasilhas com água.

Embora esteja entre os melhores que há, Richmond é, decidida e inegavelmente, um subúrbio de Londres, apenas isso, com tudo o que a palavra sugere de jardineiras na janela e cercas vivas; de senhoras levando seus pugs para passear; de relógios batendo horas em salas desertas. Virginia pensa no amor de uma moça. Ela despreza Richmond. Tem fome de Londres; sonha, às vezes, com o coração das cidades. Aqui, para onde a trouxeram para viver nos últimos oito anos, justamente por não ser nem estranho nem maravilhoso, ficou em grande medida livre das dores de cabeça e das vozes, dos acessos de raiva. Aqui, tudo o que deseja é um retorno aos perigos da vida da cidade.

Nos degraus de Hogarth House, para e se lembra de si mesma. Ela aprendeu, com o correr dos anos, que a sanidade envolve uma certa dose de imitação, não apenas em benefício do marido e dos criados, mas em prol, primeiro e acima de tudo, de suas próprias convicções. Ela é a escritora; Leonard, Nelly, Ralph e os outros, os leitores. Esse romance em questão envolve uma mulher serena, inteligente, de sensibilidade dolorosamente suscetível, que já esteve doente, mas que agora se recuperou; que está se preparando para a temporada londrina, onde dará e frequentará festas, escreverá de manhã, lerá à tarde, almoçará com as amigas e se vestirá com apuro. Existe uma verdadeira arte nisso, nesse comando de chás e jantares; nessa precisão animada. Os homens podem se felicitar por seus escritos verdadeiros e apaixonados a respeito dos movimentos das nações; podem achar que a guerra e a procura de Deus são os únicos temas da grande literatura; mas, se a posição dos homens no mundo pudesse ser derrubada por uma escolha infeliz de chapéu, a literatura inglesa ver-se-ia dramaticamente transformada.

Clarissa Dalloway, pensa Virginia, vai se matar por causa de alguma coisa que, na superfície, aparenta ser bem insignificante. A festa será um fracasso, ou o marido uma vez mais se recusará a notar alguma melhora que ela fez em si ou na casa. O segredo estará em transmitir, intacta, a magnitude do desespero diminuto, porém muito real, de Clarissa; em convencer por completo o leitor de que, para ela, as derrotas domésticas são tão devastadoras quanto são, para um general, as batalhas perdidas.

Virginia atravessa a porta. Sente que controla totalmente a personagem que é Virginia Woolf e, como aquela personagem, tira o casaco, pendura-o e desce até a cozinha para falar com Nelly sobre o almoço.

Na cozinha, Nelly está abrindo a massa. Nelly é ela mesma, sempre ela mesma; sempre grande e corada, majestosa, indignada, como se tivesse vivido a vida toda numa era de glórias e moderação que terminou, para todo o sempre, uns dez minutos antes de você entrar no aposento. Virginia se maravilha com ela. Como é que se lembra de ser, como é que consegue, todos os dias e todas as horas, ser tão exatamente a mesma?

"Olá, Nelly", Virginia fala.

"Olá, madame." Nelly se concentra no trabalho, como se o rolo estivesse revelando escritos apagados, mas ainda legíveis, na massa.

"É uma torta para o almoço?"

"É, sim, madame. Pensei em fazer uma torta de carne de

carneiro, sobrou um pouco de ontem, e como a senhora começou a trabalhar logo de manhã, nós nem nos falamos."

"Uma torta me parece excelente", diz Virginia, ainda que tenha que se esforçar para interpretar o papel. Ela pensa consigo mesma: comida não é uma coisa sinistra. Não pense em putrefação, em fezes; não pense no rosto no espelho.

"Tem uma sopa de agrião", diz Nelly. "E a torta. E aí pensei numas peras de sobremesa, a menos que a senhora queira alguma coisa mais sofisticada."

Eis aqui, portanto: o desafio. *A menos que a senhora queira alguma coisa mais sofisticada.* Então é assim que a amazona subjugada para à beira do rio, embrulhada na pele dos animais que matou e pelou; então é assim que deixa cair uma pera diante das sandálias douradas da rainha e diz: "Eis o que eu trouxe. A menos que a senhora queira alguma coisa mais sofisticada".

"Peras está ótimo", Virginia diz, embora, claro, uma sobremesa de peras não esteja nem um pouco ótimo; não agora. Se Virginia tivesse agido como devia e passado na cozinha pela manhã, para decidir o almoço, a sobremesa poderia ter sido praticamente qualquer coisa. Poderia ter sido um pudim, uma mousse; poderia, até, ter sido peras. Virginia poderia ter facilmente entrado na cozinha às oito horas e dito: "Não vamos nos preocupar muito com a sobremesa, hoje. Bastam umas peras". Mas, em vez disso, escapara sorrateira direto para seu gabinete, receosa de que seu dia de trabalho (aquele frágil impulso, aquele ovo equilibrado numa colher) pudesse se dissolver diante de um dos humores de Nelly. Nelly sabe disso, claro que sabe, e, ao oferecer as peras, lembra Virginia de que ela, Nelly, tem poder; que conhece segredos; que rainhas que se importam mais com resolver enigmas em seus aposentos do que com o bem-estar de seu povo têm de aceitar o que recebem.

Virginia pega uma tirinha de massa em cima da tábua, molda entre os dedos. E diz: "Está lembrada de que Vanessa e as crianças vêm às quatro?".

"Estou, sim senhora." Nelly ergue a massa com uma competência primorosa e ajeita na assadeira. O movimento terno, experiente, faz Virginia pensar numa troca de fraldas e, por instantes, sente-se como uma menina testemunhando, com espanto e fúria, a impenetrável competência da mãe.

Ela diz: "Que tal servirmos chá chinês? E gengibre cristalizado?".

"Chá chinês, madame? E gengibre?"

"Faz mais de duas semanas que não recebemos Vanessa. Eu gostaria de lhe oferecer alguma coisa um pouco melhor do que os restos do chá de ontem."

"Chá chinês e gengibre cristalizado significam ter de ir até Londres, eles não vendem essas coisas aqui."

"Os trens circulam de meia em meia hora, os ônibus circulam de hora em hora. Não há outras coisas de que estejamos precisando, de Londres?"

"Ah, sempre tem coisas. É só que já são onze e meia agora e o almoço ainda nem está terminado. A sra. Bell vem às quatro. A senhora disse quatro, não foi?"

"Disse, e com quatro eu quis dizer às quatro da tarde, ou seja, daqui a quase cinco horas, uma vez que agora são exatamente onze horas e oito minutos. O trem do meio-dia e meia deixaria você em Londres um pouco depois da uma. O trem das duas e meia a traria de volta um pouco depois das três, sã e salva, com o chá e o gengibre na mão. Será que eu errei algum cálculo?"

"Não", diz Nelly. Ela pega um nabo da tigela e corta a ponta com um movimento rápido da faca. Então é assim, pensa Virginia, que ela gostaria de abrir meu pescoço; bem assim, sem pensar muito no golpe, como se me matar fosse mais uma das tarefas domésticas que se interpõem entre ela e sua soneca. É assim que Nelly mataria, com competência e precisão, do mesmo jeito que cozinha, seguindo receitas aprendidas há tanto tempo que para ela nem são mais conhecimento. Nesse momento, ela cortaria com prazer a garganta de Virginia, como se fosse um nabo, porque Virginia negligenciou seus próprios afazeres e agora ela, Nelly Boxall, uma mulher adulta, está sendo punida por servir peras. Por que será tão difícil lidar com criados? A mãe de Virginia conseguia isso sem o menor esforço. Vanessa consegue sem o menor esforço. Por que será tão difícil ser firme e bondosa com Nelly, obter seu respeito e seu amor? Virginia sabe exatamente como deve entrar na cozinha, como deve manter os ombros, sabe que a voz deve ser materna mas não familiar, algo parecido com uma governanta se dirigindo a uma criança amada. *Ah, vamos servir alguma outra coisa que não peras, Nelly. O sr. Woolf não está de muito bom humor, hoje, e eu receio que as peras não sejam suficientes para adoçá-lo...* Era para ser tão simples.

Clarissa Dalloway terá uma grande habilidade com os criados, modos intrincados, que serão ao mesmo tempo bondosos e autoritários. Os criados vão adorá-la. Eles farão bem além do que for solicitado.

MRS. DALLOWAY

ENTRANDO NO HALL COM AS FLORES, Clarissa dá com Sally saindo. Por um instante — menos que um instante —, ela a vê como a veria se fossem duas estranhas. Sally é uma mulher pálida, de cabelos grisalhos, fisionomia severa, impaciente, cinco quilos mais magra do que deveria ser. Por um instante, vendo essa estranha no hall, Clarissa se enche de ternura e de uma vaga e clínica censura. Pensa: Ela é tão agitada, e tão adorável. Pensa: Ela não devia usar amarelo nunca, nem mesmo esse tom escuro de mostarda.

"Oi", Sally diz. "Belas flores."

Elas se beijam rápido, na boca. São sempre generosas com os beijos.

"Aonde você vai?", Clarissa pergunta.

"Até o centro. Almoçar com Oliver St. Ives. Eu não lhe disse? Não lembro se disse ou não."

"Não, não disse."

"Desculpe. Você se importa?"

"De jeito nenhum. Acho ótimo almoçar com um astro de cinema."

"Fiz uma bela faxina."

"Papel higiênico?"

"Tem de sobra. Volto daqui a umas duas horas."

"Até."

"As flores estão lindas. Por que será que estou me sentindo nervosa?"

"Porque vai almoçar com um astro de cinema, eu imagino."

"É só o Oliver. Sinto como se estivesse abandonando você."

"Mas não está. Está tudo bem."

"Tem certeza?"

"Vá. Divirta-se."

"Tchau."

Beijam-se outra vez. Clarissa vai dizer a Sally, quando surgir o momento oportuno, que aposente o blazer mostarda.

E segue adiante pelo hall, pensando no prazer sentido — qual fora mesmo? — pouco mais de uma hora atrás. Neste instante, às onze e meia de um dia quente de junho, o saguão do prédio parece a entrada do reino dos mortos. A urna assentada em seu nicho e as lajotas em tons de marrom espelhadas, refletindo de volta, de modo embaçado, a velha luz ocre das luminárias de parede. Não, não o reino dos mortos, exatamente; há qualquer coisa pior do que a morte, algo que traz em si a promessa de libertação e torpor. Há poeira subindo, dias infindos e um saguão que dura e dura, sempre repleto da mesma luz castanha e do cheiro meio úmido, meio químico, que há de servir, até que surja algo mais preciso, como cheiro de velhice e de perda, do fim da esperança. Richard, seu amante perdido, seu amigo mais verdadeiro, está desaparecendo na doença, na insanidade. Richard não irá acompanhá-la, conforme o planejado, na velhice.

Clarissa entra no apartamento e na mesma hora, curiosamente, sente-se melhor. Um pouco melhor. É preciso pensar na festa. Pelo menos tem isso. Aqui é sua casa; sua e de Sally; e, embora já vivam nela há quase quinze anos, ainda se espanta de ver como é bela e com a sorte incrível que tiveram. Dois andares e um jardim no West Village! Elas são ricas, é claro; indecentemente ricas, pelos padrões mundiais; mas não ricas *ricas*, não ricas pelos padrões nova-iorquinos. Estavam com uma determinada quantia para gastar e tiveram a sorte de topar com esses assoalhos de pinho, essa fileira de janelas abrindo para um pátio de tijolos, onde o musgo verde-esmeralda cresce dos vãos rasos das pedras e onde uma pequena fonte circular, uma bandeja de água límpida, borbulha ao toque de um botão. Clarissa leva as flores para a cozinha e encontra um bilhete de Sally ("Almoço c/ Oliver — esqueci de avisar, será? — volto às três, no máximo, beijinhos"). É tomada, de chofre, por uma sensação de deslocamento. Essa não é sua cozinha. Essa é a cozinha de alguém conhecido, muito bem decorada, por sinal, mas não faz seu gênero, é muito cheia de odores estrangeiros. Ela vive em outro lugar. Vive num quarto onde uma árvore bate delicada no vidro da janela enquanto alguém põe um disco na vitrola. Aqui, nesta cozinha, os pratos brancos formam pilhas imaculadas nos armários, por trás de portas envidraçadas. Uma fileira de potes antigos de terracota, com esmalte craquelê em vários tons de amarelo, descansa na bancada de granito. Clarissa reconhece todas essas coisas mas distancia-se delas. Sente a presença de seu próprio fantasma; da parte que é ao mesmo tempo a mais indestrutivelmente viva e a menos distinta; a parte que não possui nada; que observa com espanto e distanciamento, como um turista num museu, a fileira de potes amarelos esmaltados, a bancada com um único farelo em cima, a torneira cromada da qual uma só gota tremula, ganha volume e cai. Foram ela e Sally que compraram tudo isso, lembra-se de cada uma das transações, mas sente agora que são arbitrários, a torneira, a bancada, os potes, os pratos brancos. São apenas escolhas, uma coisa e depois outra, sim ou não, e vê como seria fácil escapulir dessa vida — desses confortos vazios e fortuitos. Poderia simplesmente deixar tudo de lado e voltar para aquele seu outro lar, onde nem Sally nem Richard existem; onde há apenas a essência de Clarissa, uma moça que se fez mulher, ainda cheia de esperanças, ainda capaz de qualquer coisa. Entende, então, que toda sua dor e solidão, todo o andaime precário no qual elas se sustentam é fruto pura e simplesmente de fingir que vive neste apartamento, entre estes objetos, com a boa e nervosa Sally, e que se for embora será feliz, ou melhor que feliz. Será ela mesma. Sente-se, por alguns instantes, magnificamente só, com tudo pela frente.

Depois a sensação continua seu caminho. Não desmorona; não lhe é arrancada. Simplesmente continua seu caminho, como um trem que para numa pequena estação do interior, deixa-se ficar alguns momentos, depois segue adiante e some de vista. Clarissa tira as flores do papel e coloca-as na pia. Está decepcionada e mais do que um pouco aliviada. Este é, na verdade, seu apartamento, sua coleção de potes de barro, sua companheira, sua vida. Ela não quer nenhuma outra. Sentindo-se regular, nem alegre nem deprimida, simplesmente presente como Clarissa Vaughan, uma mulher de sorte, bem-conceituada em sua profissão, que está dando uma festa para um artista célebre e com uma doença mortal, volta até a sala para conferir os recados na secretária eletrônica. A festa dará certo ou não. De um jeito ou de outro, ela e Sally jantado mais tarde. Depois irão para a cama.

Na fita, surge o novo gerente do bufê (o homem tem um sotaque indecifrável; e se não for competente?), confirmando a entrega para as três da tarde. Há uma convidada pedindo licença para levar mais alguém e um outro dizendo que tem de sair da cidade para visitar um amigo de infância cuja aids se transformou, inesperadamente, numa leucemia.

A máquina desliga com um estalido. Clarissa aperta o botão para voltar a fita. Se Sally esqueceu de mencionar o almoço com Oliver St. Ives, provavelmente foi porque o convite era só para ela, Sally. Oliver St. Ives, o escândalo, o herói, não convidou Clarissa para almoçar. Oliver St. Ives, que abriu o jogo espetacularmente na *Vanity Fair* e foi, em seguida, dispensado do papel principal que faria num *thriller* milionário, que obteve mais notoriedade como ativista gay do que jamais teria podido esperar se tivesse continuado a bancar o heterossexual e a rodar filmes caros de segunda linha. Sally conheceu-o quando ele participou do programa de entrevistas coproduzido por ela, um programa muito sério, muito intelectualizado (programa, naturalmente, que jamais teria cogitado em chamar o ator se ele fosse apenas um herói de segunda classe, trabalhando em filmes de ação). Sally acabou virando uma de suas convidadas regulares para o almoço, embora Clarissa também já tenha se encontrado várias vezes com o ator e travado o que se lembra de ter sido uma conversa comprida e surpreendentemente íntima, numa festa beneficente. Então não importa que ela seja a mulher no livro? (Embora o livro, claro, tenha fracassado e Oliver, claro, talvez leia muito pouco.) Oliver não disse a Sally: "Veja se não esquece de trazer aquela mulher interessante com quem você vive". Provavelmente acha que Clarissa é a esposa; apenas a esposa. Ela volta para a cozinha. Não está com ciúmes de Sally, não é nada assim tão vulgar, mas não consegue evitar de sentir, ao ser esnobada por Oliver St. Ives, que o interesse do mundo por ela está declinando e, mais fortemente ainda, o fato embaraçoso de que isso incomoda, mesmo agora, quando se prepara para dar uma festa em homenagem a um homem que pode ser um grande artista e que pode não chegar ao fim do ano. Sou superficial, infinitamente superficial, pensa ela. Mas ainda assim. Deixar de ser convidada dá a impressão, de certa forma, de ser uma pequena amostra da capacidade do mundo de passar sem ela. Ser esnobada por Oliver St. Ives (que com toda certeza não a excluiu de propósito, simplesmente nem pensou nela) se assemelha à morte da mesma maneira que um diorama de criança, feito numa caixa de sapato, se assemelha ao evento histórico retratado. É uma coisa minúscula, brilhante, capenga, toda de feltro e cola. Mas ainda assim. Não é fracasso, diz para si mesma. Não é fracasso estar nestes aposentos, em sua própria pele, cortando a haste das flores. Não é fracasso mas exige mais de você, o esforço todo exige mais; apenas estar presente, sentindo-se grata; sendo feliz (palavra terrível). As pessoas não olham mais para você na rua, ou, se olham, não alimentam mais nenhuma intenção sexual. Você não é convidada para almoçar com Oliver St. Ives. Do outro lado da estreita janela da cozinha, a cidade passa e ruge. Os amantes discutem; caixas tilintam suas máquinas; rapazes e moças compram roupas novas, a mulher parada debaixo do arco da Washington Square canta *iiii* e você corta a ponta da haste de uma rosa e coloca a flor num vaso cheio de água quente. Você tenta prender o momento, bem aqui, na cozinha, ao lado das flores. Tenta habitá-lo, amá-lo, porque é seu e porque o que existe à espera do outro lado destes aposentos é o saguão, com seus ladrilhos escuros e lâmpadas de luz fraca, sempre acesas. Porque mesmo que a porta do trailer tivesse se aberto, a mulher lá dentro, fosse ela Meryl Streep ou Vanessa Redgrave, ou mesmo Susan Sarandon, teria sido apenas isso, uma mulher num trailer, e você não poderia em hipótese alguma ter feito o que queria fazer. Não poderia tê-la recebido, ali, na rua; não poderia tê-la abraçado, e chorado com ela. Seria tão maravilhoso, poder chorar assim, nos braços de uma mulher que fosse ao mesmo tempo imortal e uma pessoa cansada, assustada, recém-saída de um trailer. O que você é, mais do que qualquer outra coisa, é uma pessoa viva, bem aqui no meio da cozinha, assim como Meryl Streep e Vanessa Redgrave estão vivas em alguma parte, assim como o tráfego zumbe na Sixth Avenue e as lâminas prateadas da tesoura cortam talos verdes, suculentos e escuros.

Naquele verão, quando tinha dezoito anos, parecia-lhe que tudo podia acontecer, qualquer coisa. Parecia-lhe que poderia beijar seu circunspecto e imponente amigo à beira do lago, que poderiam dormir juntos, numa estranha combinação de luxúria e inocência, sem se preocupar com o significado daquilo tudo, se é que tinha algum. Foi a casa, no fundo foi ela, pensa. Sem a casa, teriam continuado sendo, simplesmente, três universitários que fumavam baseados e discutiam nos dormitórios, em Columbia. Foi a casa. Foi a série de acontecimentos desencadeados pela velha tia e pelo encontro fatal do tio com um caminhão carregado, nos arredores de Plymouth, e a oferta dos pais de Louis ao filho e a seus amigos para usarem, durante todo o verão, a casa subitamente vazia, onde havia ainda alface fresca na geladeira e um gato feroz que procurava com constância, e impaciência crescente, os restinhos que antes costumava encontrar todos os dias na porta da cozinha. Foram a casa e o tempo — a irrealidade extática de tudo aquilo — que ajudaram a transformar a amizade de Richard num tipo mais devorador de amor, e foram aqueles mesmos elementos, na verdade, que trouxeram Clarissa até aqui, a esta cozinha em Nova York, ladrilhada com lajotas italianas (um erro, são frias e mancham com facilidade), cortando o talo de flores e lutando, com sucesso apenas parcial, para não se importar com o fato de Oliver St. Ives, o ativista e ator arruinado, não a ter convidado para o almoço.

Não era traição, ele tinha insistido nisso; era simplesmente uma expansão do possível. Ela não exigiu a fidelidade de Richard — Deus me livre! — e em nenhum momento extorquiu algo que pertencesse a Louis. Louis também não achava isso (ou pelo menos não admitia pensar nessa hipótese, mas, no fundo, teria sido apenas obra do acaso ele ter se cortado tantas vezes aquele verão, com várias ferramentas e facas de cozinha, e ter precisado ir duas vezes até o consultório do médico mais próximo, para dar pontos?). Era 1965; o amor consumido podia apenas engendrar mais do mesmo. Pelo menos, parecia possível. Por que não fazer sexo com todo mundo, contanto que você os quisesse e eles quisessem você? De modo que Richard continuou com Louis e começou a transar com ela também, e parecia certo; simplesmente certo. Não que sexo e amor não fossem complicados. As tentativas de Clarissa com Louis, por exemplo, falharam irremediavelmente. Ele não estava interessado nela, nem ela nele, apesar de toda sua célebre beleza. Ambos amavam Richard, ambos queriam Richard, e isso teria de servir como elo entre os dois. Nem todo mundo estava fadado a ser amante, e não eram tão ingênuos assim a ponto de forçar a barra para além de uma tentativa louca, na cama que Louis dividiria, durante todo o verão, com Richard, nas noites em que Richard não estava com Clarissa.

Quantas vezes, desde então, ela se perguntara o que teria acontecido se tivesse tentado ficar com ele; se tivesse retribuído o beijo de Richard na esquina da Bleecker com a MacDougal, se tivesse viajado para algum lugar (para onde?) com ele, nunca tivesse comprado os incensos nem o casaco de alpaca, com os botões em forma de rosa. Não poderiam ter descoberto algo... maior e mais estranho do que aquilo que tinham? Era impossível deixar de imaginar aquele outro futuro, o futuro rejeitado, acontecendo na Itália ou na França, entre quartos e jardins imensos e ensolarados; cheio de infidelidades e grandes batalhas; como um vasto e duradouro romance sobreposto a uma amizade tão marcante e profunda que haveria de acompanhá--los até a tumba e além, possivelmente. Ela poderia, acha, ter entrado num outro mundo. Teria tido uma vida tão intensa e perigosa quanto a própria literatura.

Por outro lado, talvez não, Clarissa diz para si mesma. Aquela era eu. Essa sou eu — uma mulher decente, com um bom apartamento, com um casamento estável e afetuoso, dando uma festa. Aventure-se muito além no amor, diz consigo mesma, e você renuncia à cidadania no país que construiu para si mesma. Acaba apenas navegando de porto em porto.

Mesmo assim, existe essa sensação de oportunidade perdida. Talvez não haja nada, nunca, que possa se equiparar à lembrança de ter sido jovem junto com alguém. Quem sabe seja simples assim. Richard foi a pessoa que Clarissa amou em seu momento mais otimista. Richard parara a seu lado, na beira de um lago, ao pôr do sol, usando uma calça jeans de pernas cortadas e sandália de borracha. Richard a chamara de Mrs. Dalloway e eles tinham se beijado. Sua boca abriu-se dentro da dela; sua língua (excitante e familiaríssima, nunca se esqueceria disso) tinha procurado abrir caminho, muito timidamente, até se encontrar com a dela. Beijaram-se e andaram em volta do lago, juntos. Dentro de mais uma hora, jantariam e consumiriam quantidades consideráveis de vinho. O exemplar de Clarissa de *O carnê dourado* descansa sobre a mesinha de cabeceira, branca e lascada, no quarto do sótão, onde ainda dormia sozinha; onde Richard ainda não começara a passar noites alternadas.

Tinha parecido o começo da felicidade, e Clarissa ainda se choca, trinta anos depois, quando percebe que *era* a felicidade; que a experiência toda repousa num beijo e num passeio, na expectativa de um jantar e de um livro. O jantar já foi esquecido; Lessing foi há muito suplantada por outros escritores; e até mesmo o sexo, depois que ela e Richard chegaram a esse ponto, foi ardente mas canhestro, insatisfatório, mais gentil que passional. O que continua iluminado na mente de Clarissa, mais de três décadas depois, é um beijo ao entardecer, num trecho de grama seca, e um passeio em volta do lago, com mosquitos zumbindo no ar que escurecia aos poucos. Permanece intacta aquela perfeição singular, perfeita em parte porque parecia, na época, tão claramente prometer mais. Agora sabe: aquele foi o momento, bem ali. Não houve outro.

MRS. BROWN

O bolo saiu bem aquém do que esperava que saísse. Tenta não se incomodar. É apenas um bolo, diz consigo mesma. Apenas um bolo. Mãe e filho puseram a cobertura de açúcar glacê e, com dor na consciência, Laura inventou uma outra coisa para Richie fazer enquanto ela, com o tubo de confeitar, esprime botões amarelos de rosa nas beiradas e escreve "Feliz Aniversário Dan" com glacê branco. Não quis a sujeira que o filho faria para enfeitá-lo. Mesmo assim, não saiu como imaginava; de jeito nenhum. Não há nada de errado com ele, na verdade, mas ela imaginava algo mais. Imaginava um bolo maior, mais digno de se ver. Esperava (admite isso) que saísse mais exuberante e belo, mais maravilhoso. O bolo que fez parece pequeno, não só no sentido físico, mas como entidade. Parece amadorístico; feito em casa. Ela diz para si mesma: Está bom. É um ótimo bolo, todo mundo vai adorar. Os desajeitamentos (algumas migalhas que se misturaram ao glacê, a aparência achatada do *n* de Dan, que ficou muito perto de uma rosa) fazem parte do charme. Ela lava a louça. Pensa sobre o restante do dia.

Arrumar as camas, passar aspirador nos tapetes. Depois embrulhar os presentes que comprou para o marido: uma gravata e uma camisa, ambas mais caras e elegantes do que as que em geral ele mesmo compra; uma escova de cerdas de javali; um estojo com cheiro penetrante de couro contendo cortador de unha, lixa de metal e pinça, para levar nas viagens que faz de vez em quando pela agência. Ele vai ficar feliz com todos esses presentes, ou vai parecer que está feliz; vai assobiar e dizer: "Olha só pra isso tudo", quando vir a camisa e a gravata caras. Vai beijá-la, com entusiasmo, a cada presente, e dizer-lhe que exagerou, que não devia, que não merece essas coisas tão finas. Por que será, ela se pergunta, que tenho a impressão de que poderia lhe dar qualquer coisa, o que quer que fosse, e receber essencialmente a mesma resposta? Por que será que ele não deseja nada, no fundo, além daquilo que já tem? Ele é impenetrável em suas ambições e satisfações, em seu amor pelo trabalho e pelo lar. Isso, ela lembra a si mesma, é uma virtude. É parte daquilo que o torna um homem adorável. (Jamais usaria essa palavra na sua frente, mas a sós pensa nele como sendo adorável, um homem adorável, porque o viu em seus momentos mais privados, choramingando no sonho, sentado na banheira com o sexo encolhido num toco, flutuando, comoventemente inocente.) É bom, ela lembra a si mesma — é adorável —, que o marido não se deixe abalar por coisas efêmeras; que sua felicidade dependa apenas do fato de ela existir, aqui nesta casa, vivendo a vida dela, pensando nele.

O bolo é um fracasso, mas ela é amada. É amada, pensa, mais ou menos do mesmo jeito como os presentes serão apreciados: porque foram dados com boas intenções, porque existem, porque fazem parte de um mundo em que se quer o que se tem.

O que ela preferiria, então? Seria melhor ter os presentes rejeitados, ver seu bolo ser zombado? Claro que não. Ela quer ser amada. Ela quer ser uma mãe competente, lendo calmamente para o filho; ela quer ser uma esposa que põe uma mesa perfeita. Ela não quer, de jeito nenhum, ser a mulher estranha, a criatura patética, cheia de manias e raivas, solitária, enfezada, tolerada mas não amada.

Virginia Woolf enfiou uma pedra no bolso do casaco, entrou num rio e se afogou.

Laura não vai se permitir ser mórbida. Fará as camas, passará o aspirador, preparará o jantar de aniversário. Não se importará, com nada.

Alguém bate na porta dos fundos. Laura, lavando o último dos pratos, vê o vago contorno de Kitty através da fina cortina branca. Ali está a auréola indistinta do cabelo castanho-dourado de Kitty, a mancha rosa do rosto bem esfregado de Kitty. Laura engole uma pontada de emoção e de algo mais forte que emoção, algo que se assemelha ao pânico. Está prestes a receber uma visita de Kitty. O cabelo mal foi escovado; continua de roupão de banho. Está parecendo, demais, uma mulher-drama. Quer voar até a porta e quer permanecer ali na pia, parada, imóvel, até Kitty desistir e ir embora. Talvez tenha chegado a fazê-lo, ficar imóvel, sustendo a respiração (será que dá para Kitty ver a cozinha, será que ela sabe?), mas lá está Richie, testemunha de tudo, correndo pela cozinha, segurando um caminhão vermelho de plástico, gritando com uma mistura de prazer e alarme que tem alguém na porta.

Laura enxuga a mão num pano de prato coberto de galos vermelhos e abre a porta. É apenas Kitty, ela diz a si mesma. É apenas sua amiga, que mora duas casas abaixo, e isso, claro, é o que as pessoas fazem. Dão uma passada no vizinho e são recebidas; pouco importam o cabelo e o roupão. Pouco importa o bolo.

"Oi, Kitty", ela diz.

"Estou atrapalhando?", Kitty pergunta.

"Claro que não. Entre."

Kitty entra e traz consigo uma aura de limpeza e filosofia doméstica; todo um vocabulário de movimentos ávidos, vigorosos. Ela é uma mulher atraente, robusta, carnuda, de cabeça grande, vários anos mais nova que Laura (parece que todo mundo, de repente, é pelo menos um pouquinho mais novo que ela). As feições de Kitty, seus olhos pequenos e nariz delicado, amontoam-se no centro de um rosto redondo. Na escola, foi uma daquelas moças autoritárias e agressivas que, não sendo bonitas, eram poderosas devido ao dinheiro e à confiança atlética que tinham, e assim se mantiveram onde estavam e insistiram para que a ideia das pessoas do que era desejável fosse mudada, a fim de incluí-las. Kitty e suas amigas — fortes, obstinadas, de feições firmes, espírito largo, capazes de lealdades profundas e crueldades terríveis — foram as rainhas dos muitos festivais, as animadoras das várias torcidas, as estrelas das peças de teatro.

"Preciso de um favor", Kitty diz.

"Claro", Laura responde. "Não quer sentar um instante?"

"É, pode ser." Kitty senta-se à mesa da cozinha. Dá um alô

amigável, levemente desdenhoso, para o garotinho que a olha com suspeita, até mesmo raiva (por que ela veio?), de um lugar de relativa segurança, perto do fogão. Kitty, que não tem filhos (as pessoas estão começando a se perguntar), não tenta seduzir os filhos dos outros. Eles podem chegar até ela, se quiserem; ela não ira até eles.

"Tem café pronto", Laura diz. "Quer uma xícara?"

"Claro."

Ela serve uma xícara de café para Kitty e uma para si. Olha inquieta para o bolo, desejando poder escondê-lo. Tem migalhas no meio do glacê. O "*n*" de Dan ficou espremido contra uma rosa.

Seguindo os olhos de Laura, Kitty diz: "Ah, você fez um bolo".

"É aniversário de Dan."

Kitty se levanta, aproxima-se e para ao lado de Laura. Kitty usa uma blusa branca de manga curta, short verde axadrezado e sandálias de palha, que fazem um barulhinho, um estalido, quando ela anda.

"Ah, olha só."

"Tentativa de principiante", Laura diz. "É mais difícil do que se imagina, escrever com glacê."

Ela espera estar sendo serena, jovial, encantadoramente despreocupada. Por que foi pôr as rosas primeiro, quando qualquer idiota teria percebido que é preciso começar pela mensagem? Procura um cigarro. Ela é alguém que fuma e toma café pela manhã, que está criando filhos, que tem Kitty como amiga, que não se importa se seus bolos saem menos que perfeitos. Acende o cigarro.

"Ficou uma gracinha." Com isso, Kitty corta pela raiz aquele eu ousado de cigarro aceso na boca. O bolo ficou uma gracinha, lhe diz Kitty, do mesmo modo como o desenho de uma criança fica uma gracinha. É doce e comovente na discrepância profundamente sentida e agoniadamente sincera que há entre ambição e realização. Laura compreende. Existem apenas duas opções: ou você é capaz, ou você não liga. Pode-se fazer um bolo primoroso com as próprias mãos ou, caso contrário, acender um cigarro, declarar-se incompetente para projetos dessa natureza, servir mais uma xícara de café e encomendar um bolo na padaria. Laura é uma artesã que tentou, e fracassou, publicamente. Ela produziu algo que ficou uma gracinha, quando esperava (é constrangedor, mas verdadeiro) produzir alguma coisa bela.

"Quando é o aniversário de Ray?", ela diz, porque é preciso dizer algo.

"Em setembro." Kitty volta para a mesa da cozinha. O que mais pode ser dito sobre o bolo?

Laura vai atrás, com as xícaras de café. Kitty precisa de amigos (os encantos sinceros mas um tanto atabalhoados do marido não estão se saindo lá muito bem no grande mundo e, além do mais, há a questão de continuarem sem filhos), de modo que Laura é alguém que ela visita, alguém para quem ela pede favores. No entanto, ambas sabem o quão incansavelmente Kitty a teria esnobado no colégio, caso tivessem a mesma idade. Numa outra vida, não muito diferente desta, teriam sido inimigas, mas nesta, com suas surpresas e perversidades de ocasião, Laura é casada com um rapaz célebre, um herói de guerra, formado na mesma turma que Kitty e, com isso, entrou para a aristocracia, quase como uma princesa alemã feiosa e já meio passada que, de repente, se vê sentada no trono, ao lado de um rei inglês.

O que a deixa surpresa — o que de vez em quando a deixa horrorizada — é o quanto se compraz com a amizade de Kitty. Kitty é preciosa, assim como o marido é adorável. A preciosidade de Kitty, sua quietude dourada, a sensação de que o momento que leva consigo quando entra num aposento foi ampliado, são coisas de estrela de cinema. Ela possui a singularidade de uma estrela de cinema, a beleza idiossincrática e falha de uma estrela de cinema; assim como uma estrela de cinema, parece ser comum e altiva, como Olivia de Havilland, ou Barbara Stanwyck. Ela é muito, quase profundamente popular.

"Como *vai* Ray?", Laura pergunta, pondo uma xícara na frente de Kitty. "Faz algum tempo que não o vejo."

O marido de Kitty é a oportunidade que Laura tem de restabelecer o equilíbrio entre elas; oferecer-lhe sua compaixão. Não que Ray seja exatamente motivo de constrangimento — ele não é um completo fracasso —, mas é, de certa forma, a versão de Kitty do bolo de Laura, só que ampliada. Já era namorado de Kitty na escola. Jogava no time de basquete, no colégio, e saiu-se bem, ainda que não tenha sido nada de espetacular, na universidade. Passou sete meses como prisioneiro de guerra nas Filipinas. Agora é algum tipo de funcionário misterioso do Departamento de Água e Luz e, já aos trinta anos, está começando a mostrar como rapazes heroicos conseguem, em graus infinitesimais, e sem motivos visíveis, metamorfosear-se em chatos de meia-idade. Ray é de confiança, é míope, usa cabelo escovinha e é cheio de líquidos. Sua copiosamente. Pequenas bolhas de saliva formam-se nos cantos da boca, sempre que fala muito. Laura imagina (impossível não fazê-lo) que, quando fazem amor, ele jorra aos borbotões, ao contrário da modesta efusividade de seu próprio marido. Por que, então, ainda não tiveram filhos?

"Ele está ótimo", Kitty responde. "Continua o mesmo de sempre."

"O Dan também", diz Laura, bondosa e enfaticamente. "Eles são uma coisa, não são?"

Pensa nos presentes que comprou para o marido; os presentes que ele vai apreciar, até mesmo adorar, mas que em hipótese alguma ele quer. Por que ela se casou com ele? Casou-se por amor. Casou-se por culpa; por medo de ficar sozinha; por patriotismo. Ele era simplesmente bom demais, gentil demais, sincero demais, cheiroso demais para ser rejeitado. Ele tinha sofrido tanto. Ele a queria.

Ela apalpa delicadamente a barriga.

Kitty diz: "Nem diga".

"Às vezes você não se pergunta o que os faz ir adiante? Quer dizer, o Dan parece um trator. Nada o aborrece."

Kitty sacode dramaticamente os ombros e gira os olhos. Ela e Laura, neste momento, poderiam ser duas colegiais muito amigas queixando-se de meninos que logo serão substituídos por outros. Laura gostaria de fazer uma pergunta a Kitty, uma pergunta que não consegue formular por completo. A pergunta tem a ver com subterfúgio e, mais obscuramente, com brilho. Ela gostaria de saber se Kitty se sente como uma mulher estranha, poderosa e desequilibrada, como dizem que são os artistas, cheia de visões, cheia de raiva, comprometida acima de tudo com a criação... do quê? Isto. Esta cozinha, este bolo de aniversário, esta conversa. Este mundo revivido.

Laura diz: "Temos que nos reunir logo. Já faz um tempão".

"Este café é tão gostoso", Kitty fala, tomando um gole. "Que marca você usa?"

"Não sei. Não, é claro que sei. Folger. Que marca você compra?"

"Maxwell House. Também é bom."

"Hã, hã."

"Mas, mesmo assim, ando pensando em mudar. Não sei bem por quê, na verdade."

"Bom. Este aqui é Folger."

"Certo. É muito bom."

Kitty olha para sua xícara de café com uma concentração elaboradamente falsa, tola. Parece, por alguns momentos, ser uma mulher comum, sentada à mesa de uma cozinha. Sua mágica evapora-se; é possível saber como será aos cinquenta anos — será gorda, masculina, rija, descrente e cínica em relação ao casamento, uma dessas mulheres de quem as pessoas dizem: *Mas ela já foi muito bonita, sabia?* De maneira sutil, o mundo começou a deixá-la para trás. Laura apaga o cigarro, pensa em acender outro, mas decide que não. Ela faz um bom café sem maiores esforços; toma conta do marido e do filho; mora nesta casa, onde ninguém precisa de nada, ninguém deve nada, ninguém sofre nada. Está grávida de novo. Que importância tem se não é nem glamourosa nem um modelo de competência doméstica?

"Então", diz ela a Kitty. Fica surpresa com o poder da própria voz; com a sugestão de aço.

"Bom", fala Kitty.

"O que foi? Está tudo bem?"

Kitty permanece imóvel um instante, sem olhar para Laura, mas também sem desviar a vista. Entra dentro de si própria. Senta-se como sentamos entre estranhos, num trem.

"Tenho de ir para o hospital, por alguns dias."

"Qual o problema?"

"Eles não sabem, exatamente. Estou com algum tipo de tumor."

"Deus meu."

"Está bem ali, você sabe. Lá nas partes."

"Como assim?"

"No meu *útero*. Eles vão abrir e dar uma olhada."

"Quando?"

"Esta tarde. O dr. Rich disse que quanto mais cedo, melhor. Precisava que você desse comida para o cachorro."

"Claro. O que foi que o médico *falou*, exatamente?"

"Só que tem alguma coisa ali e que eles precisam descobrir o que é. Provavelmente, é esse o problema. De não engravidar."

"Bom. Aí então eles podem tirar fora."

"Ele diz que vai ter que dar uma espiada. Falou que não tem motivo para me preocupar, nenhum motivo, mas que eles vão ter de dar uma olhada."

Laura olha para Kitty, que não se mexe nem fala, que não chora.

"Vai dar tudo certo."

"É. Provavelmente sim. Eu não estou preocupada. De que adianta ficar preocupada?"

Laura se enche de pena e ternura. Eis aqui Kitty, a poderosa, Kitty, a Rainha de Maio, doente e assustada. Eis aqui o lindo relógio de ouro de Kitty; eis aqui o rápido desenrolar de sua vida. Laura sempre imaginou, assim como tantos outros, que o problema era Ray — Ray com seu obscuro emprego num escritório municipal; suas bolhas de saliva; suas gravatas-borboleta; seu uísque. Kitty sempre pareceu, até esse momento, uma figura de luminosa e trágica dignidade — uma mulher sempre ao lado de seu homem. Tantos desses homens não são mais o que eram (ninguém gosta de falar nesse assunto); tantas são as mulheres que vivem, sem se queixar, com as esquisitices e os silêncios, as crises de depressão, com a bebida. Kitty parecia, simplesmente, heroica.

O problema, no entanto, é de Kitty, no fim das contas. Laura sabe, ou acredita saber, que na verdade há com o que se preocupar. Percebe que Kitty e Ray, que sua casinha tão bem-arrumada, foram invadidos pela desgraça; foram meio que devorados por ela. Kitty talvez nem se torne, afinal, aquela cinquentona robusta.

"Vem cá", diz Laura, como teria dito ao filho e, como se Kitty fosse sua filha, não espera até que obedeça e vai até ela. Segura os ombros de Kitty nas mãos e, após um instante embaraçoso, curva-se até ficar praticamente ajoelhada. Tem consciência de como é grande, de como é alta, ao lado de Kitty. Dá-lhe um abraço.

Kitty hesita, depois se deixa abraçar. Rende-se. Não chora. Laura sente a entrega; sente que Kitty está cedendo. Pensa: Então é assim que um homem se sente, segurando uma mulher.

Kitty passa os braços pela cintura de Laura. Laura se vê inundada de sentimento. Eis aqui, bem aqui em seus braços, o medo e a coragem de Kitty, a doença de Kitty. Eis aqui seus seios. Eis aqui o coração vigoroso e prático que bate por baixo; eis aqui as luzes líquidas de seu ser — luzes de um rosa profundo, luzes vermelho-douradas, reluzindo, incertas; luzes que se unem e se dispersam; eis aqui as profundezas de Kitty, o coração por baixo do coração; a essência intocável com que um homem (Ray, quem diria!) sonha, pela qual anseia e busca tão desesperadamente à noite. Ei-la, em plena luz do dia, em seus braços. Sem ter tido a intenção, sem ter decidido, ela dá um beijo em Kitty, demorando-se no topo de sua testa. Está repleta do perfume de Kitty e da essência fresca, limpa, do cabelo aloirado de Kitty.

"Estou bem", Kitty sussurra. "Verdade."

"Eu sei que está."

"Só estou preocupada com Ray. Ele não lida muito bem com essas coisas, não com uma coisa assim."

"Esqueça dele um minuto. Esqueça dele."

Kitty faz que sim, a cabeça encostada nos seios de Laura. A pergunta foi silenciosamente feita e silenciosamente respondida, ao que parece. São ambas mulheres atormentadas e abençoadas, cheias de segredos partilhados, empenhando-se sempre. Uma e outra fazendo-se passar por alguém. Estão extenuadas e cercadas; assumiram uma tarefa tão imensa.

Kitty ergue o rosto e seus lábios se tocam. Sabem ambas o que estão fazendo. Descansam a boca, uma na outra. Os lábios se tocam, mas não chegam a se beijar.

É Kitty quem se afasta.

"Você é um amor", ela diz.

Laura solta Kitty. Recua. Foi longe demais, as duas foram longe demais, mas foi Kitty quem se afastou primeiro. Foi Kitty que a impeliu por alguns momentos, que a levou a agir de modo estranho, desesperado. Laura é o predador de olhos sombrios. Laura é a estranha, a estrangeira, aquela em quem não se pode confiar. Laura e Kitty concordam, em silêncio, que isso é verdade.

Laura dá uma espiada em Richie. Ele ainda segura o caminhão vermelho. Ainda olha.

"Por favor, não se preocupe", Laura diz a Kitty. "Você vai ver que não tem problema nenhum."

Kitty levanta-se, graciosamente sem pressa. "Você já conhece a rotina, certo? Dê só meia lata, à noite, e veja se ele tem água, de vez em quando. De manhã, pode deixar que o Ray dá comida para ele."

"Ele vai levá-la ao hospital?"

"Hã, hã."

"Não se preocupe. Eu cuido das coisas por aqui."

"Obrigada."

Kitty dá uma olhada rápida pela cozinha, com um ar de aprovação exausta, como se afinal tivesse decidido, um tanto contra a vontade, comprar a casa e deixar para ver depois o que pode ser feito para ajeitá-la.

"Tchau", ela diz.

"Eu ligo amanhã para o hospital."
"Está bem."

Com um sorriso relutante, um pequeno franzir de lábios, Kitty se vira e sai.

Laura volta-se para seu filho, que continua a fitá-la com nervosismo, suspeita, adoração. Ela está, acima de tudo, cansada; quer, mais do que qualquer outra coisa, voltar para a cama e para o livro. O mundo, este mundo, parece de repente aturdido e atrofiado, longe de tudo. Há o calor, pesando igualmente sobre ruas e casas; há a fileira de lojas que os moradores do bairro chamam de centro. Há o supermercado, a drogaria e a tinturaria; há o salão de beleza, a papelaria e o bazar; há a biblioteca, um andar somente, com seus jornais presos em varetas de madeira e suas prateleiras de livros modorrentos.

... *a vida, Londres, este momento de junho.*

Laura leva o filho de volta para a sala, mostra-lhe de novo sua torre de blocos coloridos de madeira. Assim que o menino se acomoda, volta para a cozinha e, sem hesitar, pega o bolo e joga-o do prato leitoso direto na lata de lixo. Ele aterrissa com um ruído surpreendentemente sólido; uma rosa amarela borra o interior curvo da lata. Sente um alívio imediato, como se cordas de aço tivessem sido removidas de seu peito. Pode começar tudo de novo. Segundo o relógio na parede, não são nem dez e meia da manhã. Tem tempo de sobra para fazer outro bolo. Dessa vez, cuidará para que não haja migalhas no glacê. Dessa vez, desenhará as letras com um palito, para que fiquem centralizadas, e deixará as rosas por último.

MRS. WOOLF

ELA ESTÁ LENDO PROVAS, ao lado de Leonard e Ralph, quando Lottie entra e anuncia que a sra. Bell chegou com as crianças.

"Não pode ser", fala Virginia. "Não são nem duas e meia ainda. Eles ficaram de vir às quatro."

"Mas eles estão aqui, madame", diz Lottie, naquele seu tom de voz ligeiramente baço. "A sra. Bell foi direto para a sala de visitas."

Marjorie ergue os olhos do pacote de livros que está atando com barbante (ao contrário de Ralph, ela não se incomoda em fazer embrulhos nem em ajudar na composição dos tipos, o que é uma bênção e uma decepção). E diz: "Já, duas e meia? Eu esperava estar com tudo pronto, a essa altura". Virginia não retesa os músculos do rosto, não de maneira visível, ao ouvir o som da voz de Marjorie.

Leonard vira-se, severo, para Virginia: "Eu não posso interromper meu trabalho. Estarei com vocês às quatro, no horário combinado. Se Vanessa quiser esperar até lá, nós nos veremos".

"Não se preocupe, eu cuido de Vanessa." Dizendo isso, Virginia levanta-se e só então se dá conta do roupão amarfanhado, da desordem escorrida dos cabelos. É apenas minha irmã, pensa ela, mas ainda assim, depois de todo esse tempo, depois de tudo o que aconteceu, quer inspirar em Vanessa uma certa admiração e surpresa. Ainda assim quer que a irmã pense: "A palerma até que está com bom aspecto".

O aspecto de Virginia não é lá muito bom e também não há muita coisa que possa fazer a respeito, mas ao menos até as quatro da tarde teria arrumado o cabelo e mudado de roupa. Ela sobe atrás de Lottie e, ao passar pelo espelho oval pendurado no vestíbulo, sente-se tentada, por alguns instantes, a olhar seu reflexo. Mas não pode. Endireitando os ombros, entra na sala de visitas. Vanessa será seu espelho, como sempre foi. Vanessa é seu navio, sua faixa de litoral verdejante, onde as abelhas zumbem entre as uvas.

Ela beija Vanessa, castamente, na boca.

"Querida", diz Virginia, segurando a irmã pelos ombros. "Se eu lhe disser que estou encantada em vê-la agora, tenho certeza de que há de imaginar o quão extática eu ficaria em vê-la na hora marcada."

Vanessa ri. Tem o rosto firme, a pele de um rosa brilhante, escaldado. Embora seja três anos mais velha, parece mais nova que Virginia e ambas sabem disso. Se Virginia tem a beleza austera e ressequida de um afresco de Giotto, Vanessa é mais como uma figura esculpida em mármore róseo por um artista habilidoso, porém menor, do final do Barroco. É uma figura nitidamente terrena e até decorativa, toda volutas e arabescos, rosto e corpo numa tentativa afetuosa, um tanto sentimental, de retratar um estado de abundância humana tão farto que beira o etéreo.

"Desculpe-me", diz Vanessa. "Terminamos o que tínhamos a fazer em Londres bem mais cedo do que eu imaginava que fôssemos acabar, e nossa única outra opção era ficar dando voltas em torno de Richmond até as quatro da tarde."

"E o que fez com as crianças?", Virginia pergunta.

"Estão no jardim. Quentin encontrou um passarinho morrendo, na rua, e parece que eles decidiram que o animal tem de ficar no jardim."

"Com toda certeza esta velha tia não será páreo para isso. Vamos até lá?"

Ao saírem da casa, Vanessa toma a mão de Virginia praticamente do mesmo jeito com que pegaria a mão de um dos filhos. É irritante, quase tanto quanto satisfatório, que Vanessa se sinta tão senhora dos outros; tão certa de que pode chegar noventa minutos antes da hora para a qual foi convidada. Ei-la, então; eis sua mão. Se ao menos Virginia tivesse tido tempo para dar um jeitinho no cabelo.

Ela diz: "Mandei Nelly a Londres, comprar gengibre cristalizado para nosso chá. Podemos contar com ele dentro de mais ou menos uma hora, juntamente com uma boa talagada do sangue de Nelly".

"É obrigação dela", Vanessa diz. Sim, pensa Virginia, é bem isso, bem esse tom de benevolência severa, pesarosa — é assim que se fala com os criados e com as irmãs. Há uma arte nisso, assim como há uma arte em tudo, e muito daquilo que Vanessa tem a ensinar está contido nesses gestos executados aparentemente sem o mínimo esforço. Chegar atrasada ou demasiadamente cedo e declarar, muito aérea, que não foi possível evitar. Oferecer a mão com uma certeza maternal. Dizer: É obrigação de Nelly, e, ao fazê-lo, perdoar igualmente criada e senhora.

No jardim, os filhos de Vanessa estão ajoelhados em círculo sobre a relva, perto das roseiras. Que espantosos eles são: três seres, plenamente vestidos, surgidos do nada como que por encanto. Num certo momento são duas jovens irmãs, apegadas uma à outra, lábios de prontidão, e aí, no momento seguinte, ao que parece, são duas mulheres casadas, de meia-idade, paradas lado a lado num gramado modesto, diante de um grupo de crianças (de Vanessa, é claro, todas de Vanessa; não há nenhuma de Virginia e nunca haverá). Aqui está Julian, belo e circunspecto; aqui está Quentin, todo rosado, segurando o pássaro (um tordo) nas mãos avermelhadas; aqui está a pequena Angelica, agachada, ligeiramente distante dos irmãos, assustada, fascinada por esse punhado de penas cinzentas. Anos atrás, quando Julian era bebê, quando Virginia e Vanessa pensavam em nomes para os filhos e para as personagens de seus romances, Virginia sugerira que Vanessa desse o nome de Clarissa à sua futura filha.

"Olá, filhotinhos", diz Virginia.

"Nós achamos um passarinho", Angelica anuncia. "Está doente."

"Estou sabendo", responde Virginia.

"Ele está vivo", afirma Quentin, com seriedade erudita. "Acho que talvez dê para salvá-lo."

Vanessa aperta a mão de Virginia. Ah, pensa Virginia, logo antes do chá, a morte. O que, exatamente, se pode dizer a uma criança, ou a qualquer pessoa?

"Podemos lhe dar um pouco de conforto", diz Vanessa. "Mas, se chegou a hora do passarinho morrer, não poderemos mudar isso."

Desse modo, a costureira corta o fio. Esse tanto, crianças, nem menos, nem mais. Vanessa não magoa os filhos, mas também não mente para eles, nem mesmo em nome da misericórdia.

"Vamos arrumar uma caixa", diz Quentin, "e levá-lo para dentro de casa."

"Acho melhor não", Vanessa responde. "É um animal silvestre, vai querer morrer ao ar livre."

"Vamos fazer um enterro", diz Angelica, toda alegre. "E eu canto."

"Ele ainda está vivo", Quentin diz a ela, irritado.

Deus o abençoe, Quentin, pensa Virginia. Então será que é você que um dia vai segurar minha mão e presenciar literalmente meu último suspiro, enquanto todos os demais ensaiam, secretamente, os discursos que farão no serviço religioso?

Julian diz: "Devíamos fazer uma cama de grama para ele. Angie, não quer apanhar um pouco para nós?".

"Claro, Julian", responde Angelica. Obediente, põe-se a arrancar punhados de grama.

Julian; ah, Julian. Haveria alguma prova mais convincente da injustiça fundamental da natureza do que Julian, o primogênito de Vanessa, aos quinze anos? Julian é cordial e forte, é nobre; possui uma beleza graciosa, muscular e equina, tão natural que até parece que a beleza é uma condição humana fundamental e não uma mutação do desenho geral. Quentin (abençoado seja), apesar de todo seu intelecto e ironia, já poderia ser, aos treze anos, um robusto e rubicundo coronel da cavalaria de Sua Majestade, e Angelica, perfeitamente formada, revela, mesmo aos cinco anos, uma beleza leitosa, nervosamente forjada, que com toda a certeza não vai durar além da juventude. Julian, o primogênito, é tão clara e inegavelmente o herói da história dessa família, o repositório de suas maiores esperanças — quem poderá culpar Vanessa por preferi-lo?

"Que tal apanharmos também algumas rosas?", Virginia sugere a Angelica.

"Vamos, sim", ela responde, ainda ocupada com a grama. "As amarelas."

Antes de passar às roseiras com Angelica, Virginia para alguns momentos mais, ainda de mãos dadas com Vanessa, vendo os filhos de sua irmã como se fossem uma lagoa na qual ela pode escolher mergulhar ou não. Este, pensa Virginia, é o verdadeiro feito; isto continuará a viver depois que as lantejoulas experimentais da narrativa tiverem sido empacotadas, junto com as velhas fotografias, os vestidos enfeitados e os pratos de porcelana nos quais vovó pintava suas paisagens tristonhas, inventadas.

Solta a mão e entra no jardim, onde se ajoelha ao lado de Angelica e a ajuda a criar uma cama onde o tordo poderá morrer. Quentin e Julian ficam por perto, mas Angelica é, claramente, a integrante mais entusiasmada do funeral, aquela cujas preferências em decoração e decoro terão de ser respeitadas. No caso, Angelica é, de certa forma, a viúva.

"Pronto", diz Virginia, enquanto ela e Angelica arrumam a grama num montículo encapelado. "Acho que assim ela estará bem confortável."

"É uma passarinha?", Angelica pergunta.

"É. As fêmeas são maiores e um pouco mais sem graça."

"E ela tem ovos?"

Virginia hesita. "Não sei. Não dá para dizer, não é mesmo?"

"Depois que ela morrer, eu vou procurar os ovos."

"Se quiser. Deve haver um ninho, num beiral qualquer."

"Vou achá-los", diz Angelica, "e criá-los."

Quentin ri. "E vai sentar neles você mesma?"

"Não, seu burro. Eu disse que vou criá-los."

"Ah", faz Quentin, e mesmo sem vê-los Virginia sabe que ele e Julian estão rindo, em silêncio, de Angelica e quem sabe, por extensão, dela. Mesmo agora, nesta época tardia, os homens ainda mantêm a morte bem segura em suas mãos competentes e riem, afetuosamente, das mulheres que arrumam leitos fúnebres e se propõem a ressuscitar partículas de vida nascente abandonadas na natureza, pelo poder da mágica ou por pura força de vontade.

"Tudo pronto, então", diz Virginia. "Estamos prontos para arrumar o defunto."

"Não", fala Angelica. "Faltam as rosas."

"Certo", responde Virginia. Ela quase protesta, dizendo que o passarinho deveria ser posto primeiro e as rosas dispostas em volta do corpo. É óbvio que é assim que deveria ser feito. Nada mais correto, pensa ela, do que discutir essas coisas com uma menina de cinco anos. Nada mais correto, se Vanessa e os meninos não estivessem olhando.

Angelica pega uma das rosas amarelas que colheram e coloca, com todo o cuidado, na beirada do montículo de grama. Acrescenta mais outra, e outra, até criar um círculo desigual de botões, hastes espinhentas e folhas.

"Ficou bom", diz ela, e, surpreendentemente, ficou mesmo. Virginia olha com um prazer inesperado para o modesto círculo de espinhos e flores; para esse leito silvestre de morte. Bem que gostaria de repousar nele.

"Vamos colocar o corpo dela, então?", Angelica diz suavemente. Curva-se para a menina como se partilhassem um segredo. Há uma força que flui entre as duas, uma cumplicidade que não é nem maternal nem erótica, mas que contém elementos de ambas. Há um entendimento. Uma espécie de entendimento amplo demais para a linguagem. Virginia o sente, tão certo como sente a temperatura na pele, mas quando olha bem no rosto de Angelica vê, pelos olhos brilhantes e sem foco dela, que a menina já está ficando impaciente com a brincadeira. Ela fez seu arranjo de grama e rosas; agora quer despachar o passarinho o mais rápido possível e sair em busca do ninho.

"Vamos", diz Angelica. Já aos cinco anos de idade, ela consegue fingir um grave entusiasmo pela tarefa por fazer, quando na verdade tudo que quer de fato é que todos admirem seu trabalho e depois a soltem. Quentin ajoelha-se com o passarinho e com muita delicadeza, uma delicadeza infinda, o põe na relva. Ah, se os homens fossem os brutos e as mulheres os anjos — se fosse tudo tão simples assim. Virginia pensa em Leonard, de cenho franzido lendo provas, concentrado em purgar não só os erros de composição como também qualquer mácula de mediocridade que os erros impliquem. Pensa em Julian no verão anterior, remando pelo Ouse, as mangas da camisa arregaçadas até os cotovelos, e em como lhe pareceu ter sido aquele o dia, o momento, em que ele se tornou um homem, em que deixou de ser uma criança.

Quando Quentin afasta as mãos, Virginia vê que o passarinho foi deixado na grama, com as asas recolhidas de encontro ao corpo. Sabe que já morreu, na palma da mão de Quentin. Parece ter tido a intenção de se fazer o menor possível. O olho, uma conta negra perfeita, está aberto, e os pés cinzentos, maiores do que seria de se esperar, estão enrodilhados em si mesmos.

Vanessa se aproxima por trás de Virginia. "Vamos deixar o passarinho, agora. Todos vocês. Já fizemos o que podia ser feito."

Angelica e Quentin saem mais que depressa. Angelica inicia a ronda da casa, vasculhando com a vista os beirais. Quentin limpa as mãos na camisa e entra em casa para lavá-las com sabonete. (Será que acredita que a ave deixou um resíduo de morte em suas mãos? Será que acredita que um bom sabonete inglês e uma das toalhas de tia Virginia conseguirão limpá-las?) Julian fica com Vanessa e Virginia, ainda ao lado do pequeno cadáver.

Ele diz: "Angie ficou tão agitada com a história do ninho que esqueceu de cantar seu hino".

Vanessa diz: "Vamos ficar sem chá nenhum, de castigo por termos chegado tão cedo?".

"Não", Virginia responde. "Estou plenamente equipada para fazer o chá sem a ajuda de Nelly."

"Pois então vamos", fala Vanessa. Ela e Julian viram-se e tomam o caminho da casa; a mão de Julian escorrega até a dobra do cotovelo da mãe. Antes de segui-los, Virginia ainda se demora alguns instantes ao lado do pássaro morto em seu círculo de rosas. Podia ser uma espécie de chapéu. Podia ser o elo perdido entre a chapelaria e a morte.

Ela gostaria de repousar ali, no lugar dele. Não há como negar, bem que gostaria disso. Vanessa e Julian podem prosseguir com seus afazeres, seus chás e viagens, ao passo que ela, Virginia, uma Virginia do tamanho de um passarinho, se deixa metamorfosear e passa de mulher angulosa e difícil a um enfeite de chapéu; uma coisa tola, indiferente.

Afinal de contas, Clarissa não é, pensa ela, a noiva da morte. Clarissa é o leito onde a noiva se deita.

MRS. DALLOWAY

CLARISSA PÕE UMA DÚZIA DE ROSAS AMARELAS num vaso. Leva as flores para a sala, coloca o vaso sobre a mesinha de centro, afasta-se um pouco, depois tenta vários centímetros mais para a esquerda. Ela vai oferecer a Richard a melhor festa que puder dar. Vai tentar criar alguma coisa mundana, até mesmo banal, mas perfeita a seu modo. Providenciará para que fique cercado de pessoas que o respeitam e admiram de fato (por que convidou Walter Hardy, como pôde ser tão fraca?); cuidará para que não se canse demais. É seu tributo, seu presente. O que mais poderia lhe oferecer?

Está voltando para a cozinha quando toca o interfone. Quem pode ser? Uma entrega da qual se esqueceu, muito provavelmente, ou o pessoal do bufê, que veio trazer alguma coisa. Ela aperta o botão e fala.

"Quem é?"

"Louis. Sou eu, Louis."

"Louis? Verdade?"

Clarissa aperta de novo o botão para abrir a porta. Claro que é Louis. Ninguém mais, com certeza nenhum nova-iorquino tocaria a campainha de alguém sem primeiro dar uma ligada. Ninguém faz isso. Abre a porta e sai para o hall com uma enorme e quase atordoante sensação de antecipação, um sentimento tão forte e tão peculiar, tão desconhecido em qualquer outra circunstância que inclusive já o tinha batizado, tempos atrás, simplesmente de Louis. É a sensação Louis, e através dela correm vestígios de devoção, culpa e atração, um nítido resquício do medo do ator estreante, uma esperança pura e imaculada, como se, todas as vezes, ele pudesse estar trazendo finalmente uma notícia tão boa que se torna impossível antever seu alcance ou mesmo sua natureza exata.

Um momento depois, dobrando a quina do hall de entrada, lá está ele, Louis em pessoa. Faz, talvez, mais de cinco anos agora, mas ele continua exatamente o mesmo. O mesmo tufo eriçado e elétrico de cabelos brancos, o mesmo andar ávido e floreado, as mesmas roupas descuidadas que, por algum motivo, parecem sempre corretas. A antiga beleza e a pose leonina, densa, desapareceram com uma rapidez espantosa há quase duas décadas, e este Louis — grisalho, rijo, cheio de emoções furtivas, castas — surge como um homenzinho franzino, modesto, saltando da torre de um tanque para anunciar que foi ele, não a máquina, quem arrasou a aldeia. Louis, o antigo objeto do desejo, foi, afinal de contas, sempre isto: um professor de teatro, uma pessoa inofensiva.

"Ora vejam só", ele diz.

Ele e Clarissa se abraçam. Quando Clarissa recua, vê que os cinzentos olhos míopes de Louis estão úmidos. Ele sempre teve propensão para as lágrimas. Clarissa, a mais sentimental, a mais indignada, não parece chorar nunca, embora muitas vezes sinta vontade de fazê-lo.

"Quando foi que chegou?", ela pergunta.

"Anteontem. Saí para dar uma volta e aí percebi que estava na sua rua."

"Estou tão feliz em vê-lo."

"Também estou feliz em vê-la", Louis diz, e seus olhos marejam de novo.

"Você não podia ter escolhido melhor hora. Incrível. Estamos dando uma festa para Richard, esta noite."

"É mesmo? O que estão comemorando?"

"Ele ganhou o Carrouthers. Não ficou sabendo?"

"Ganhou o quê?"

"É um prêmio para poetas. Coisa importante. Nunca ouviu falar?"

"Bom. Parabéns, Richard."

"Espero que possa vir. Ele vai ficar encantado de vê-lo."

"Será mesmo?"

"Vai. Claro. Por que estamos parados aqui, praticamente no hall? Venha, vamos entrar."

Ela está mais velha, Louis pensa, enquanto segue Clarissa até o apartamento (oito passos, vira, mais três passos). Está mais velha, constata Louis, atônito. Finalmente está acontecendo. Que coisa mais espantosa, esses fios que a genética estica para tropeçarmos no caminho, a maneira como um organismo consegue viver essencialmente inalterado, década após década, e de repente, em poucos anos, rende-se à idade. Louis está surpreso com a tristeza que sente, com o pouco que se alegra com a partida, até certo ponto abrupta, da longa primavera de Clarissa. Quantas vezes já não fantasiou a respeito? É sua vingança, a única forma possível de acertar os ponteiros. Todos aqueles anos ao lado de Richard, todo aquele amor e empenho, e ele passa os derradeiros anos de sua vida escrevendo sobre uma mulher com uma casa na West Tenth Street. Richard produz um romance que medita exaustivamente sobre uma mulher (um capítulo com mais de cinquenta páginas falando sobre a escolha de um esmalte de unha, que ela acaba não comprando!) e o velho Louis W. é relegado ao coro. Louis W. tem uma cena, relativamente curta por sinal, na qual se lamenta da falta de amor no mundo. Eis o que sobrou; essa é a recompensa, após mais de doze anos; depois de ter vivido com Richard em seis apartamentos diferentes, de tê-lo abraçado, de ter trepado infinitas vezes com ele; depois de milhares de almoços e jantares; depois da viagem à Itália e daquela hora debaixo da árvore. Depois de tudo isso, Louis aparece para ser lembrado como um homem tristonho, queixando-se do amor.

"Onde está hospedado?"

"Com o James, no hotel das baratas."

"Ele continua lá?"

"As compras do *supermercado* continuam lá. Eu vi um pacote de *farfalle* que eu mesmo comprei, cinco anos atrás, lembro muito bem. Ele tentou negar, disse que não era o mesmo, mas a caixa tem um amassado do lado, lembro-me perfeitamente disso."

Louis toca o nariz com a ponta do dedo (lado esquerdo, lado direito). Clarissa vira-se para olhá-lo. "Olha só você", diz ela, e os dois se abraçam de novo. Permanecem juntos por quase um minuto inteiro (seus lábios roçam o ombro esquerdo dela e ele muda de posição, para roçar os lábios no ombro direito também). É Clarissa quem se afasta.

"Quer tomar alguma coisa?"

"Não. Sim. Um copo de água?"

Clarissa vai até a cozinha. Continua impenetrável como sempre, irritantemente bem-comportada. Ela esteve bem aqui, pensa Louis, todo este tempo. Esteve aqui nestes aposentos com a namorada (ou companheira, ou seja lá como for que se intitulem), indo para o trabalho, voltando para casa outra vez. Tem vivido um dia, depois outro, ido a festas, frequentado teatros.

Há tão pouco amor, pensa ele, neste mundo.

Louis dá quatro passos em direção à sala. Ei-lo aqui de novo, na sala ampla e fresca, com o jardim, o sofá macio e os tapetes bons. Ele culpa Sally pelo apartamento. É obra de Sally, é o gosto de Sally. Sally e Clarissa vivem numa réplica perfeita de um apartamento de alto padrão do West Village; dá para imaginar uma assistente de produção checando tudo de prancheta em punho: poltronas francesas de couro, confere; mesa Stickley, confere; paredes cor de linho cru com gravuras de botânica penduradas, confere; estantes recheadas com pequenos tesouros adquiridos no exterior, confere. Até mesmo as excentricidades — a moldura do espelho comprada num brique, coberta de conchas, o velho e molambento baú sul-americano, pintado com sereias lúbricas — parecem calculadas, como se o diretor de arte tivesse vistoriado tudo e dito: "Ainda não está convincente, precisamos de mais objetos para nos dizer quem *são* essas pessoas, de fato".

Clarissa regressa com dois copos de água (gaseificada, com gelo e limão) e, ao vê-la, Louis sente o cheiro — pinho e relva, água levemente salobra — de Wellfleet, há mais de trinta anos. Seu coração acelera. Ela está mais velha, mas — não adianta tentar negar — ainda possui aquele encanto rigoroso; aquela sensualidade um tanto masculina, aristocrática. Continua esbelta. Ainda exala, de certa forma, um ar de romance fracassado e, olhando para ela agora, com seus mais de cinquenta anos, nesta sala sombreada e próspera, Louis pensa em fotos de jovens soldados, em rapazes de fisionomia firme e serena, fardados; rapazes que morreram antes dos vinte e que continuam a viver como a corporificação de promessas desperdiçadas, em álbuns de fotografia ou em mesinhas de canto, belos e confiantes, indiferentes à sua sorte, da mesma forma como os vivos sobrevivem a empregos e incumbências, a férias decepcionantes. Neste momento, Clarissa o faz pensar num soldado. Ela parece olhar para o mundo envelhecido como se estivesse em um reino anterior; parece tão triste, inocente e invencível quanto os mortos, numa fotografia.

Ela dá a Louis um copo de água. "Está com ótimo aspecto", diz. O rosto de meia-idade de Louis sempre esteve presente, de maneira incipiente, em seu rosto juvenil: o nariz adunco e pálido, os olhos espantados; as sobrancelhas espetadas; o pescoço de veias poderosas, sob um queixo amplo, ossudo. Nascera para ser agricultor, forte como o mato, devastado pelas intempéries, e a idade acabou fazendo em cinquenta anos o que o arado e a colheita teriam feito na metade desse tempo.

"Obrigado."

"Tenho a impressão de que você andou tão longe."

"Andei mesmo. É bom voltar."

"Cinco anos. Não acredito que não tenha vindo nenhuma vez a Nova York."

Louis toma três goles de água. Nos últimos cinco anos, ele voltou a Nova York várias vezes, mas não telefonou. Embora não tivesse tomado a resolução específica de não ver mais Clarissa ou Richard, na verdade acabou não ligando. Parecia mais simples dessa maneira.

"Vou voltar de vez", diz ele. "Estou cheio daquelas aulinhas de teatro, sou velho demais, mesquinho demais. Sou *pobre* demais. Ando pensando em arranjar algum trabalho honesto."

"Sério?"

"Não, sei lá. Mas não se preocupe, eu não vou voltar para a faculdade para o meu mestrado, nem nada parecido."

"Pensei que tivesse se apaixonado por San Francisco. Pensei que nunca mais o veríamos."

"Todo mundo espera que você se apaixone por San Francisco. É deprimente."

"Louis, Richard está muito diferente, agora."

"Ele está muito mal?"

"Só quero que esteja preparado."

"Você não se afastou dele, todos estes anos."

"Não."

Ela é, Louis chega à conclusão, uma mulher bonita e comum. É exatamente isso, nem mais, nem menos. Clarissa senta-se no sofá e, após um instante de hesitação, Louis dá cinco passos e senta-se a seu lado.

"Li o livro, é claro", ele diz.

"Leu? Ótimo."

"Não é meio estranho?"

"É. É sim."

"Ele mal se deu ao trabalho de mudar seu nome."

"Aquela não sou eu. É a fantasia de Richard a respeito de uma mulher vagamente parecida comigo."

"É um livro estranhíssimo."

"É o que todo mundo acha, ao que parece."

"A impressão é que tem umas dez mil páginas. Não acontece nada. E, de repente, *pum*. Ela se mata."

"A mãe dele."

"Eu *sei*. Mesmo assim. Acontece sem nenhum aviso, do nada."

"Você está perfeitamente de acordo com quase todos os críticos. Eles esperaram esse tempo todo, e pelo quê? Mais de novecentas páginas de flerte, no fundo, com uma morte repentina no final. Mas dizem que é muito bem escrito."

Louis desvia a vista. "Estas rosas estão lindas", ele diz.

Clarissa debruça-se para a frente e puxa o vaso um pouco para a esquerda. Santo Deus, pensa Louis, ela ultrapassou a fronteira da dona de casa. Virou a mãe dela.

Clarissa ri. "Olha só para mim. Uma velhota preocupada com suas rosas."

Ela sempre o surpreende, sabendo mais do que você acha que sabe. Louis se pergunta se são calculadas, essas pequenas demonstrações de autoconhecimento que salpicam o desempenho sábio, de anfitriã perfeita. Ela parece, às vezes, ter lido seus pensamentos. Desarma o interlocutor dizendo, essencialmente: Sei o que está pensando e concordo, sou ridícula, sou muito menos do que poderia ter sido e gostaria que fosse de outra maneira, mas parece que não consigo deixar de ser o que sou. Então você descobre que, quase contra a vontade, deixou de se sentir irritado e passou a consolá-la, a ajudá-la a voltar ao normal, para que se sinta confortável de novo e você possa retomar a irritação.

"Pois é", diz Louis. "Então Richard está muito doente."

"Muito. O corpo não está bem, mas o pior é a cabeça. Acho que a doença já estava adiantada demais para que os inibidores de protease o ajudassem, como parecem estar ajudando algumas pessoas."

"Deve ser terrível."

"Ele continua o mesmo. Quer dizer, existe sempre aquela qualidade constante, uma espécie de Richardice, que continua igual."

"Isso é bom. Já é alguma coisa."

"Lembra-se daquela duna grande, em Wellfleet?"

"Claro."

"Estava pensando outro dia que, quando eu morrer, provavelmente vou querer que minhas cinzas sejam espalhadas lá."

"Isso é morbidez."

"Mas a gente pensa nessas coisas. Como não pensar nelas?"

Clarissa acreditava então, e acredita ainda hoje, que aquela duna em Wellfleet vai acompanhá-la, num certo sentido, para sempre. Aconteça o que acontecer, sempre terá tido aquilo. Sempre terá estado no topo da duna alta, durante um verão. Sempre terá sido jovem e indestrutivelmente saudável, com uma leve ressaca, usando a malha de algodão de Richard, a mão dele em volta de seu pescoço, de um jeito familiar, e Louis um pouco mais distante, olhando as ondas.

112

"Eu estava furioso com você, na época", diz Louis. "Às vezes eu mal conseguia olhá-la."

"Eu sei."

"Tentei me comportar. Tentei ser aberto e livre."

"Todos nós tentamos. Acho que o organismo não é totalmente capaz disso."

Louis diz: "Voltei lá, uma vez. Fui até a casa. Acho que não lhe contei".

"Não, não contou."

"Foi um pouco antes de eu ter ido para a Califórnia. Eu estava participando de um painel de debates, em Boston, uma coisa horrorosa, sobre o futuro do teatro; na verdade era um bando de dinossauros pomposos que eles juntaram para dar aos estudantes uma oportunidade de tirar sarro, e depois disso me senti tão macambúzio que fui até Wellfleet. Não tive o menor trabalho para encontrar o lugar."

"Eu provavelmente não quero ouvir mais nada."

"Não, a casa ainda está lá, e quase igual ao que era antes. Deram uma ajeitada. Pintura nova, essas coisas. E alguém fez um gramado, que ficou um tanto esquisito no meio do mato, feito um carpete de parede a parede. Mas a casa continua lá."

"Veja você."

Eles ficam em silêncio alguns momentos. De certa forma é pior ainda que a casa permaneça de pé. É pior que o sol e depois a escuridão e de novo o sol tenham entrado e saído daqueles aposentos todos os dias, que a chuva tenha continuado a cair naquele telhado, que a coisa toda pudesse ser visitada de novo.

Clarissa diz: "Vou dar uma passada por lá, qualquer dia desses. Gostaria de subir de novo a duna".

"Se é lá que você acha que quer ter suas cinzas espalhadas, então sim, acho que deve voltar e conferir."

"Não, você tem razão, eu estava sendo mórbida. O verão provoca isso em mim. Não faço a menor ideia de onde gostaria que minhas cinzas fossem espalhadas."

Clarissa quer, de repente, mostrar toda sua vida para Louis. Quer derrubá-la inteira no chão, aos pés de Louis, todos os momentos nítidos e inúteis, passíveis de serem transformados em histórias. Quer sentar-se ao lado de Louis e peneirá-los todos.

"Então", ela diz. "Me conte mais coisas de San Francisco."

"É uma cidadezinha muito linda, com ótimos restaurantes, onde nada acontece. Meus alunos são, na maioria, uns imbecis. Sério, vou voltar para Nova York o mais rápido que puder."

"Ótimo. Vai ser muito bom ter você de volta."

Clarissa toca o ombro de Louis e a impressão é a de que ambos vão se levantar, sem dizer palavra, subir até o quarto e tirar a roupa juntos. Parece que irão até o quarto e se despirão não como amantes, e sim como gladiadores que sobreviveram à arena, que se veem ensanguentados, machucados, mas milagrosamente vivos, os únicos; todos os demais morreram. Farão uma careta de dor ao desafivelar a couraça e tirar as caneleiras. Olharão um para o outro com ternura e reverência; vão se abraçar docemente, enquanto Nova York matraqueia do lado de fora da janela: enquanto Richard, em sua poltrona, ouve vozes e Sally almoça com Oliver St. Ives.

Louis põe o copo sobre a mesa, ergue-o e o repõe no mesmo lugar. Bate o pé no tapete, três vezes.

"Mas está meio complicado", ele diz. "Sabe o que é, eu me apaixonei outra vez."

"Verdade?"

"O nome dele é Hunter. Hunter Craydon."

"Hunter Craydon. Bom."

"Foi aluno meu, o ano passado."

Clarissa recosta no sofá e suspira, impaciente. Este já deve ser o quarto, isso dos que ela conhece. Sente ímpetos de pegar Louis pelo colarinho e dizer: Você tem de começar a envelhecer de um jeito melhor. Não suporto ver você fazer tantas coisas e depois oferecer tudo para algum garoto só porque ele é bonitinho e jovem.

"Talvez ele seja o melhor aluno que já tive. Ele representa de modo incrível o papel de branco e gay na África do Sul. Tremendamente intenso."

"Bom." Clarissa não consegue pensar em mais nada para dizer. Sente pena de Louis, e muita impaciência; no entanto, ela pensa, Louis está apaixonado. Apaixonado por um rapaz. Está com cinquenta e três anos e ainda tem tudo isso pela frente, o sexo e as discussões ridículas, a angústia.

"Ele é incrível", diz Louis. Para sua total surpresa, começa a chorar. As lágrimas chegam de modo muito simples, como um calor no fundo dos olhos e um embaçamento da vista. Esses espasmos de emoção assomam constantemente. Uma música pode desencadeá-los; até mesmo a visão de um velho cachorro. Passa. Em geral passa. Dessa vez, entretanto, as lágrimas começam a escorrer-lhe pelos olhos quase antes mesmo que se dê conta de que isso vai acontecer, e, por alguns instantes, algum compartimento em seu ser (o mesmo compartimento que conta passos, palmas, goladas) diz com seus botões: Ele está chorando, que estranho. Louis debruça-se para a frente, cobre o rosto com as mãos. Soluça.

A verdade é que ele não ama Hunter nem Hunter o ama. Eles estão tendo um caso; apenas um caso. De vez em quando, passa horas sem pensar no rapaz. Hunter tem outros namorados, todo um futuro planejado e, depois que se for, Louis é obrigado a admitir, secretamente, não vai sentir muita falta de sua risada ardida, do dente da frente lascado, dos silêncios petulantes.

Há tão pouco amor neste mundo.

Clarissa esfrega as costas de Louis com a palma da mão. O que era mesmo que Sally dissera? Nós nunca brigamos. Fora num jantar qualquer, um ano atrás, ou mais. Serviram algum tipo de peixe, medalhões altos boiando num molho brilhante, amarelo (parece que tudo, naquela época, assentava numa poça de molho de cores vibrantes). Nós nunca brigamos. É verdade. Elas discutem, ficam amuadas, mas nunca explodem, nunca berram nem choram, jamais quebraram um prato. Na verdade, parece que elas *ainda* não brigaram; que ainda são novas demais para uma guerra total; que ainda restam continentes inteiros a explorar, tão logo tenham transposto as negociações iniciais e sintam-se suficientemente seguras na companhia uma da outra para soltar de fato as rédeas. No que ela estaria pensando? Sally e ela logo completarão dezoito anos juntas. São um casal que não briga nunca.

Enquanto esfrega as costas de Louis, Clarissa pensa: Me leve com você. Eu quero um amor malogrado. Quero ruas noturnas, vento e chuva, ninguém se perguntando onde estou.

"Desculpe", diz Louis.

"Tudo bem. Pelo amor de Deus, olha só para tudo o que aconteceu."

"Eu me sinto um grande idiota." Ele se põe de pé e vai até as janelas francesas (sete passos). Através das lágrimas vê o musgo nos vãos das pedras mais baixas, a bandeja de bronze cheia de água límpida, onde uma única pena flutua. Não sabe dizer por que está chorando. Está de volta a Nova York. Parece que chora por este jardim estranho, pela doença de Richard (por que Louis foi poupado?), por esta sala em que está Clarissa, por tudo. Parece que chora por um Hunter que faz lembrar o verdadeiro, ligeiramente. Esse outro Hunter tem uma grandeza feroz e trágica, uma inteligência verdadeira, mentalidade modesta. Louis chora por ele.

Clarissa vai atrás. "Está tudo bem", repete.

"Besteira", Louis murmura. "Besteira."

Uma chave gira na fechadura da porta da frente. "É a Julia", diz Clarissa.

"Merda."

"Não se preocupe. Ela já viu homens chorando."

É a maldita filha. Louis endireita os ombros, afasta-se para o lado, fugindo do braço de Clarissa. Continua olhando para o jardim, tentando controlar o rosto. Pensa no musgo. Pensa em fontes. De repente, está genuinamente interessado em musgo e em fontes.

Que estranho, diz a voz. Por que ele está pensando nessas coisas?

"Olá", diz Julia, atrás dele. Não diz "oi". Ela sempre foi uma menina muito séria, inteligente mas peculiar, madura demais para a idade, cheia de tiques e cacoetes.

"Oi, querida", diz Clarissa. "Lembra-se de Louis?"

Louis vira-se para ela. Muito bem, deixe que veja que estive chorando. Foda-se.

"Claro que sim", diz Julia. Ela vai até ele, estendendo a mão.

Está com dezoito anos, agora, talvez dezenove. Tão inesperadamente vistosa, tão diferente, que Louis teme que as lágrimas comecem de novo. Quando a viu pela última vez, tinha uns treze anos, era desajeitada, estava com vários quilos em excesso, sentia vergonha de si mesma. Não chega a ser bela, nunca será bela, mas adquiriu um pouco da presença da mãe, daquela certeza dourada. É vistosa e confiante como uma jovem atleta, a cabeça quase raspada, a pele rosada.

"Julia!", ele diz. "Que bom ver você."

Ela toma a mão dele com firmeza. Usa um anel de prata bem fino no nariz. É viçosa e forte, esbanjando saúde, como uma espécie de irlandesa idealizada que acabasse de chegar da roça. Deve ter saído ao pai (Louis já fantasiou a seu respeito, já o imaginou como um rapaz loiro e robusto, sem dinheiro, um ator ou um pintor, quem sabe, um amante, um criminoso, um garoto desesperado, obrigado a vender seus fluidos, sangue ao banco de sangue, esperma ao banco de esperma). Deve ter sido, Louis pensa, enorme, robusto, uma figura da mitologia céltica, a prova está aqui, agora, é Julia, que mesmo de camiseta e short, calçando botas pretas de combate, parece que devia estar carregando um feixe de cevada num braço e uma ovelha recém-nascida no outro.

"Olá, Louis", ela diz. Segura a mão dele, mas não a aperta. Claro, ela sabe que ele esteve chorando. Não parece especialmente surpresa. O que terá ouvido a seu respeito?

"Tenho que ir andando", ele diz.

Ela acena com a cabeça, concordando. "Quanto tempo vai ficar?", ela pergunta.

"Só alguns dias. Mas estou mudando de vez para cá. Foi bom ver você. Tchau, Clarissa."

"Cinco horas", Clarissa diz.

"O quê?"

"A festa. É às cinco. Por favor, venha."
"Claro que eu venho."
Julia diz: "Até logo, Louis".

Ela é uma moça vistosa de dezenove anos, que diz olá e até logo, não "oi" e "tchau". Tem dentes inusitadamente pequenos, muito brancos.

"Até logo."

"Você vem, não vem? Prometa que virá."

"Prometo. Até logo." Ele sai do apartamento, ainda um tanto lacrimoso; irritadíssimo com Clarissa; vaga, absurdamente apaixonado por Julia (ele, que nunca teve atração por mulheres, nunca — ele, que ainda treme só em lembrar, depois de todos esses anos, daquela tenebrosa e desesperada tentativa com Clarissa, apenas para manter seus direitos sobre Richard). Imagina-se fugindo com Julia daquele apartamento pavoroso, de bom gosto; afastando-se com ela daquelas paredes cor de linho cru, das gravuras de botânica, dos copos de água gaseificada com fatias de limão de Clarissa. Atravessa a penumbra do hall (vinte e três passos), entra no saguão e cruza a porta que dá na West Tenth Street. O sol explode como uma lâmpada em seu rosto. Junta-se de novo, agradecido, às pessoas do mundo: um homem com cara de fuinha, passeando com dois bassês, um gordo suando majestosamente num terno azul-marinho, uma mulher careca (moda ou quimioterapia?) encostada no prédio de Clarissa, fumando um cigarro, cujo rosto parece um hematoma recente. Louis vai voltar para cá, para esta cidade; viverá num apartamento no West Village, dará uma passada no Dante, à tarde, para tomar um expresso e fumar um cigarro. Não é velho, ainda não. Anteontem à noite, parou o carro no deserto do Arizona e ficou olhando as estrelas, até sentir a presença de sua própria alma, ou seja lá o nome que queiram lhe dar; a parte contínua que já fora criança e que — no momento seguinte, ao que parecia — achava-se parada no silêncio do deserto, debaixo das constelações. Pensa em si mesmo com uma afeição distante, no jovem Louis Waters, que passou a juventude tentando viver com Richard, que se sentiu alternadamente lisonjeado e furioso com a adoração incansável de Richard por seus braços e sua bunda, que acabou abandonando Richard para sempre, depois de uma briga numa estação de trem em Roma (teria sido especificamente por causa da carta que Richard recebera de Clarissa, ou por sua sensação mais generalizada de estar farto de ser o mais abençoado e menos brilhante da turma?). Aquele Louis, com apenas vinte e oito anos mas convicto de sua idade avançada e das oportunidades que perdera, afastara-se de Richard e entrara num trem que, descobriria depois, estava indo para Madri. Parecera, na época, um gesto dramático mas temporário, e, à medida que o trem se afastava (o bilheteiro o informara, cheio de indignação, para onde o trem estava indo), foi se sentindo cada vez mais contente, de um modo estranho, quase sobrenatural. Estava livre. Agora mal se lembra daqueles dias sem rumo em Madri; não se lembra com clareza nem do rapaz italiano (será possível que se chamasse de fato Franco?) que o convenceu finalmente a abandonar o longo e malfadado projeto de amar Richard, em troca de paixões mais simples. O que se lembra, com nitidez, é de estar sentado num trem com destino a Madri, de sentir uma espécie de felicidade que ele imaginava ser privilégio dos espíritos, libertos de seus corpos terrenos mas ainda de posse de seu eu essencial. Ele caminha para o leste, rumo à universidade (setenta e sete passos até a esquina). Espera para atravessar.

MRS. BROWN

Dirigindo seu Chevrolet pela Pasadena Freeway, entre morros ainda em parte crestados pelo fogo do ano anterior, ela parece estar sonhando ou, mais precisamente, lembrando-se de um sonho muito antigo com esse mesmo trajeto. Tudo o que vê dá a impressão de ter sido pregado no dia, assim como borboletas conservadas no éter são alfinetadas num quadro. Eis as encostas negras dos morros, salpicadas de casas claras, as que foram poupadas pelas chamas. Eis o céu nevoento, branco-azulado. Laura dirige com competência, nem muito devagar nem muito depressa, conferindo periodicamente os veículos atrás dela pelo espelho retrovisor. É uma mulher dentro de um carro, sonhando estar num carro.

Deixou o filho com a sra. Latch, que mora na mesma rua. Disse que tinha de fazer uma compra de última hora, relacionada com o aniversário do marido.

Entrou em pânico — ela supõe que *pânico* seja a palavra certa. Tentou deitar-se alguns minutos, enquanto o filho tirava sua soneca; tentou ler um pouco, mas não conseguiu se concentrar. Ficou deitada na cama com o livro nas mãos, sentindo-se vazia, exausta, por causa da criança, do bolo, do beijo. De algum modo, tudo acabou se resumindo nesses três elementos, e ali deitada na cama de casal, com as cortinas fechadas e a lâmpada de cabeceira acesa, tentando ler, pensou: Será que é assim, enlouquecer? Jamais imaginara que seria assim — quando pensava em alguém (numa mulher como ela) perdendo o juízo, via berros e choros, alucinações; mas naquele momento pareceu-lhe claro que havia uma outra maneira, bem mais silenciosa; uma maneira baça e irremediável, rasa, tanto assim que qualquer emoção tão forte quanto a dor teria sido um alívio.

De modo que resolveu sair de casa por algumas horas. Não

agiu de forma irresponsável. Certificou-se de que o filho ficaria bem. Assou um novo bolo, descongelou os bifes, tirou o fio das vagens. Tendo feito tudo isso, está se permitindo sair. Estará em casa a tempo de fazer o jantar, de dar comida ao cachorro de Kitty. Mas agora, neste exato momento, está indo a algum lugar (aonde?) para ficar sozinha, livre do filho, da casa, da festinha que dará logo mais à noite. Trouxe a bolsa e seu exemplar de *Mrs. Dalloway*. Calçou meias de náilon, vestiu uma saia e uma blusa; colocou seus brincos favoritos, simples discos de cobre, nas orelhas. Sente-se vagamente, tolamente satisfeita com seus trajes e com a limpeza do carro. Um pequeno cesto de lixo azul-escuro, vazio, senta sobre o cárter da mesma forma como a sela abraça o cavalo. É ridículo, ela sabe disso, no entanto encontra consolo nessa ordem impecável. Sente-se pura e bem vestida enquanto se afasta.

Em casa, um novo bolo aguarda debaixo de uma redoma de alumínio trançado encimada por um pegador de madeira em forma de pinha. Foi um progresso em relação ao primeiro. Esse bolo recebeu duas camadas de glacê, de modo que não há migalhas aparecendo (ela consultou um segundo livro de culinária e aprendeu que os doceiros se referem ao primeiro glacê como a "camada das migalhas", e que um bolo deve sempre receber uma segunda cobertura de glacê). Esse bolo diz: "Feliz Aniversário Dan", em letras brancas e elegantes, desafogadas, longe dos buquês de rosas amarelas. É um belo bolo, perfeito à sua maneira, mas Laura continua decepcionada com ele. Ainda parece amadorístico, feito em casa; ainda parece, de algum modo, errado. O *i* de "Feliz" não ficou como esperava e duas das rosas estão tortas.

Ela toca o lábio, onde o beijo de Kitty se demorou um instante. Não se importa tanto com o beijo, nem com o que ele sugere ou deixa de sugerir, a não ser o fato de dar a Kitty uma vantagem. O amor é profundo, um mistério — quem vai querer compreender todos os seus detalhes? Laura deseja Kitty. Deseja sua força, sua decepção alegre e borbulhante, as luzes róseo-douradas e cambiantes de seu eu secreto e as profundezas frescas e perfumadas de seus cabelos. Laura também deseja Dan, de um modo mais obscuro e menos refinado; um modo visitado com mais sutileza pela crueldade e pela vergonha. Ainda assim, é desejo, afiado feito lasca de osso. Ela pode beijar Kitty na cozinha e amar também o marido. Pode antecipar o prazer repugnante da boca e dos dedos do marido (será, talvez, que aquilo que deseja é o seu desejo?) e continuar sonhando em beijar Kitty de novo algum dia, numa cozinha, numa praia com crianças dando gritinhos na água, ou num vestíbulo, ambas carregadas com pilhas de toalhas dobradas, rindo baixinho, excitadas, desarmadas, apaixonadas por sua própria irresponsabilidade, se não uma pela outra, dizendo *Psiiiu*, separando-se rápido, seguindo em frente.

O que Laura lamenta, o que mal pode aturar, é o bolo. Ele a constrange, mas não pode renegá-lo. É apenas açúcar, farinha e ovos — parte do encanto de um bolo é sua inevitável imperfeição. Sabe disso; claro que sabe. Mesmo assim, esperava criar algo melhor, mais significativo do que aquilo que produziu, apesar de ter saído lisinho, com o parabéns bem centralizado. Ela quer (admite para si mesma) um bolo de sonho em forma de bolo verdadeiro; um bolo investido de um inegável e profundo sentido de conforto, de abundância. Queria ter feito um bolo que varresse as dores do mundo, ainda que só por uns tempos. Queria ter feito algo maravilhoso; algo que teria sido maravilhoso mesmo para aqueles que não a amam.

Fracassou. Bem que gostaria de não se importar. Há alguma coisa, ela pensa, de errado consigo mesma.

Muda para a pista da esquerda, pisa no acelerador. Neste momento, neste exato momento, podia ser qualquer pessoa, indo a qualquer parte. Está com o tanque cheio e dinheiro na carteira. Por uma hora, mais ou menos, pode ir aonde quiser. Depois disso, os alarmes começarão a soar. Lá pelas cinco horas, a sra. Latch vai começar a se preocupar e, por volta das seis, no máximo, vai começar a telefonar. Se ficar assim tarde, Laura terá que dar explicações, mas por enquanto, e pelo menos por mais duas horas, está livre. É uma mulher num carro, só isso.

Quando chega a Chavez Ravine, no topo da subida, e aparecem os primeiros prédios enevoados do centro, tem de fazer uma escolha. Durante a última meia hora, foi o suficiente estar se encaminhando, de modo meio vago, para o centro de Los Angeles, mas agora eis aqui — os prédios mais antigos, sólidos e atarracados, os esqueletos dos novos, subindo bem mais alto — tudo embebido no clarão branco e constante do dia, que parece emanar não tanto do céu quanto do próprio ar, como se partículas invisíveis no éter emitissem uma fosforescência contínua, meio nublada. Eis aqui a cidade e Laura deve ou entrar nela, tomando a pista da esquerda, ou mudar para a da direita e passar ao largo. Se fizer isso, se pura e simplesmente continuar em frente, estará indo para a interminável planície cheia de fábricas e prédios residenciais pouco elevados que rodeiam Los Angeles por uns cento e cinquenta quilômetros em todas as direções. Seria possível dobrar à direita e acabar, uma hora ou outra, em Beverly Hills, ou na praia de Santa Monica, mas ela não quer fazer compras e não pegou roupas apropriadas para a praia. Surpreendentemente, não há muito a fazer, nessa imensa paisagem enfumaçada e brilhante, e aquilo que ela quer — um lugar privado, silencioso, onde possa ler, onde possa pensar — não é assim tão fácil de achar. Se for a uma loja ou a um restaurante, terá de desempenhar um papel — terá de fingir que precisa de alguma coisa ou que quer algo que não interessa a ela em hipótese alguma. Terá de se mover de maneira ordenada; terá de examinar mercadorias e recusar ofertas de ajuda, ou terá de se sentar a uma mesa, pedir algo, consumir e partir. Se simplesmente parar em algum lugar e ficar sentada dentro do carro, uma mulher sozinha, estará à mercê dos criminosos e dos que vão tentar protegê-la deles. Ficará muito exposta; vão achá-la muito estranha.

Até mesmo uma biblioteca é pública demais, assim como um parque.

Leva o carro para a pista da esquerda e dirige-se à cidade. Parece chegar a essa decisão quase que de forma física, como se ao ir para a esquerda tivesse entrado num curso de ação já à sua espera, de forma tão palpável quanto a Figueroa Street, com suas vitrines e calçadas sombreadas. Ela vai dar entrada num hotel. Dirá (claro) que vai passar a noite, que o marido virá logo mais. Contanto que pague pelo quarto, o que há de errado em usá-lo por algumas horas apenas?

Parece-lhe um gesto tão extravagante, tão irresponsável, que só sua possibilidade a faz sentir-se zonza e nervosa feito uma menina. Sim, é desperdício — pagar um quarto de hotel por uma noite inteira, quando tudo o que pretende fazer é sentar e ler durante umas duas horas no máximo —, mas no momento dinheiro não é problema, e ela administra a casa com relativa parcimônia. Quanto pode custar um quarto, na verdade? Não pode ser tanto assim.

Embora devesse ir a um lugar barato — um motel, alguma coisa nos arredores da cidade —, não consegue. Pareceria ilícito demais; pareceria sórdido demais. O recepcionista poderia inclusive tomá-la por algum tipo de profissional; poderia fazer perguntas. Motéis dessa espécie estão fora de sua experiência, provavelmente requerem códigos de conduta com os quais não tem a menor familiaridade, de modo que se dirige ao Normandy, um prédio branco e esparramado, a poucos quarteirões de distância. O Normandy é grande, limpo, banal. Tem a forma de um V — duas alas gêmeas de dez andares que encerram um jardim urbano, com fonte. Possui um ar de respeitabilidade asséptica; é frequentado por turistas e homens de negócio, gente cuja presença ali não contém nem mesmo uma sugestão de mistério. Laura para o carro sob uma cobertura cromada, na qual o nome do hotel está escrito em letras também cromadas, compridas, angulosas. Embora seja pleno dia, o ar sob a cobertura tem uma qualidade um tanto noturna, um brilho lunar; uma claridade alvejada, de branco sobre branco. Os aloés dos vasos colocados em ambos os lados da porta de vidro negro parecem espantados de se ver ali.

Laura deixa o carro com o manobrista, recebe uma senha para pegá-lo de volta e cruza a porta de vidro pesado. O saguão é silencioso, gélido. Na distância, soa uma campainha, límpida e comedida. Laura sente-se ao mesmo tempo reconfortada e nervosa. Atravessa o tapete azulão e segue em direção à recepção. Este hotel, este saguão são exatamente o que ela quer — o não estar em parte alguma, imperturbável, a imaculada ausência de cheiros, o ir e vir vigoroso, impassível. Sente-se, de imediato, cidadã do lugar. É tão competente, tão indiferente. Contudo, ao mesmo tempo, está ali em circunstâncias falsas ou, pior, inexplicáveis — está ali, de um modo meio obscuro, para fugir de um bolo. Pretende dizer ao recepcionista que o marido foi obrigado a se atrasar e chegará com as malas em cerca de uma hora. Nunca mentiu assim antes, não para alguém que não conheça ou ame.

Os entendimentos na recepção transcorrem com facilidade espantosa. Está claro que o recepcionista, um homem mais ou menos de sua idade, de voz doce e esganiçada, com a pele ruim, não suspeita de nada nem contempla a possibilidade de suspeita. Quando Laura pergunta: "Tem algum quarto livre?", ele responde simplesmente, sem hesitar: "Temos sim. De solteiro ou casal?".

"Casal", ela diz. "Para mim e meu marido. Ele está vindo, com a bagagem."

O recepcionista dá uma olhada atrás dela, à procura de um homem carregado de valises. O rosto de Laura queima, mas ela não titubeia.

"Ele ainda não chegou. Virá daqui a uma hora ou duas. Teve de se atrasar e me mandou na frente. Para ver se há vagas."

Ela toca no granito negro do balcão, para se firmar. Sua história, ao que parece, é bastante implausível. Se ela e o marido estão viajando juntos, por que usam dois carros? Por que não telefonaram antes?

O recepcionista, no entanto, nem pisca. "Receio que só haja quartos nos andares mais baixos. A senhora não se importa?"

"Não. É só por uma noite."

"Muito bem, então. Vejamos. Quarto 19."

Laura assina o livro de registro com seu próprio nome (um nome inventado pareceria estranho demais, sórdido demais), paga na hora. ("Nós vamos partir de manhã bem cedo, vamos estar apressadíssimos, prefiro deixar tudo acertado.") Recebe a chave.

Ao deixar a recepção, mal pode acreditar que conseguiu. Ela tem a chave, passou pelos portais. Os elevadores, no outro extremo do saguão, têm portas de bronze batido, cada uma delas encimada por uma linha horizontal de numerais vermelhos luminosos, e, para alcançá-los, Laura passa por inúmeros arranjos de poltronas e sofás vazios, pela fresca modorra de palmeiras anãs plantadas em vasos, e, atrás de um vidro, pelos recônditos cavernosos de um misto de drogaria e café, com diversos homens solitários, de terno e gravata, lendo seu jornal no balcão, onde uma mulher velha, de uniforme rosa de garçonete e peruca vermelha, parece dizer algum gracejo sem se dirigir a ninguém em especial e onde há uma torta de limão coberta com suspiro, tão avantajada que mais parece saída de um desenho animado, com duas fatias faltando, sobre um pedestal, debaixo de uma cúpula de plástico transparente.

Laura entra no elevador e aperta o botão de seu andar. Sob um painel de vidro, na parede do cubículo, há uma foto de ovos Benedict, que podem ser pedidos no restaurante do hotel até as duas da tarde. Ela olha para a foto e reflete que por pouco ainda seria hora de pedir ovos Benedict. Está nervosa há tanto tempo, um nervosismo que não se dissipa, mas sua natureza parece ter mudado de repente. O nervosismo, a raiva e a decepção consigo mesma continuam todos perfeitamente reconhecíveis, mas agora residem em outra parte. A decisão de parar neste hotel, de subir neste elevador, parece tê-la poupado, assim como a morfina poupa um paciente de câncer, não por erradicar a dor, e sim por fazer a dor deixar de ter importância. É quase como se estivesse acompanhada por uma irmã invisível, uma mulher perversa, cheia de raiva e recriminações, uma mulher humilhada por si mesma, e é essa mulher, essa irmã desafortunada, e não Laura, quem precisa de conforto e silêncio. Laura poderia ser a enfermeira, cuidando da dor da outra.

Sai do elevador, atravessa com toda a calma o corredor e enfia a chave na fechadura do quarto 19.

Eis o quarto, então: um quarto turquesa, sem surpresas nem extravagâncias, com uma colcha turquesa na cama de casal e uma pintura (Paris, primavera) numa moldura de madeira clara. O quarto tem um cheiro, álcool e resina de pinho, água sanitária, sabonete, que flutua pesado por cima de um odor que não chega a ser rançoso, nem mesmo velho, mas que não é fresco. É, pensa ela, um cheiro cansado. É o cheiro de um lugar que foi usado e usado.

Vai até a janela, abre as cortinas brancas finas, ergue as persianas. Lá embaixo, a praça em forma de V, com sua fonte e suas roseiras mirradas, seus bancos de pedra vazios. Laura sente novamente como se tivesse entrado num sonho — num sonho em que ela olha para esse jardim peculiar, tão deserto, um pouco depois das duas da tarde. Sai da janela. Tira os sapatos. Põe seu *Mrs. Dalloway* sobre o tampo de vidro do criado-mudo e deita-se na cama. O quarto está repleto daquele silêncio especial que prevalece em hotéis, um silêncio cuidado, totalmente artificial, sobreposto a um substrato de estalidos e gorgolejos, de rodas sobre carpetes.

Ela está tão distante de sua vida. Foi tão fácil.

De algum modo parece que deixou seu próprio mundo e entrou no reino do livro. Nada, é claro, poderia estar mais distante da Londres de Mrs. Dalloway do que este quarto turquesa de hotel, mas ela imagina que a própria Virginia Woolf, a mulher afogada, o gênio, poderia, na morte, habitar um lugar até que semelhante a este. Ela ri, baixinho, consigo mesma. Por favor, Deus, diz ela, que o céu seja algo melhor do que um quarto no Normandy. O céu seria mais bem mobiliado, seria mais claro, mais grandioso, mas talvez contenha alguma coisa desse distanciamento calado, dessa ausência total dentro do mundo. Ter um quarto de hotel para si parece ao mesmo tempo pudico e libertino. Está a salvo, aqui. Pode fazer o que quiser, qualquer coisa. De certa forma, é como uma recém-casada, deitada em seus aposentos, esperando... não o marido, nem nenhum outro homem. Esperando alguém. Esperando alguma coisa.

Estende a mão para pegar o livro. Assinalou o lugar onde parou com o marcador de prata ("Para Meu Ratinho de Biblioteca, Com Amor") que o marido lhe dera vários aniversários antes.

Com uma sensação de profunda e animadora libertação, começa a ler.

Lembrava-se de ter atirado uma moeda de seis pence, uma vez, no Serpentine. Mas lembrar todo mundo lembrava; o que ela amava era isto, o aqui, o agora, à sua frente; a senhora gorda no táxi. Importaria então, perguntou a si mesma, andando em direção a Bond Street, importaria que ela tivesse inevitavelmente de cessar por completo de ser, que tudo isso tivesse de seguir adiante sem ela; lamentaria o fato; ou não seria motivo de consolo acreditar que a morte acaba, absolutamente? Mas que, de alguma forma, nas ruas de Londres, no fluxo e refluxo das coisas, aqui, lá, ela sobreviveu, Peter sobreviveu, vivendo um no outro, ela fazendo parte, com certeza, das árvores que tinha em casa; daquela casa feia ali, caindo aos pedaços como estava; fazendo parte de gente que nunca encontrara; interposta qual uma neblina entre os conhecidos que a suspendem em seus galhos do modo como vira as árvores suspenderem a névoa, só que ela se espalha para tão longe, sua vida, ela. Mas com o que estaria sonhando quando parou para olhar a vitrine da Hatchards'? O que estaria tentando recuperar? Que imagem de alvorada branca no campo, enquanto lia no livro ali aberto:

> *Não tema mais o calor do sol,*
> *Nem as iras furiosas do inverno.*

É possível morrer. Laura se indaga, de repente, como ela — ou qualquer pessoa — pode fazer uma opção dessas. É um pensamento afoito, vertiginoso, meio sem corpo — que se anunciou em sua cabeça, de modo vago mas distinto, como uma voz estalando numa estação de rádio distante. Ela podia se decidir a morrer. É uma noção abstrata, luminosa, nada mórbida. Quartos de hotel são onde as pessoas fazem coisas como essa, não é verdade? É possível — talvez até mesmo provável — que alguém tenha posto fim à sua vida bem aqui, neste quarto, nesta cama. Alguém que disse: Basta, chega; alguém que olhou pela última vez para estas paredes brancas, para este teto branco e liso. Percebe então que, ao entrar num hotel, a pessoa deixa as particularidades de sua própria vida e entra numa zona neutra, num quarto branco e limpo, onde morrer não parece tão estranho.

Talvez pudesse ser profundamente reconfortante; talvez haja uma libertação: simplesmente partir. Dizer a todos eles: Não consegui administrar, vocês não fazem ideia; eu não queria mais tentar. Talvez haja, ela pensa, uma beleza tenebrosa nisso, como um campo de gelo, ou um deserto de manhã bem cedo. Ela poderia ir, por assim dizer, para essa outra paisagem; podia deixá-los todos para trás — o filho, o marido e Kitty, seus pais, todos eles — nesse mundo sofrido (nunca mais voltará a ser sadio por inteiro, nunca mais voltará a ser de todo limpo), dizendo um para o outro e para quem perguntasse: Nós achávamos que ia tudo bem com ela, achávamos que suas mágoas eram mágoas comuns. Não tínhamos ideia.

Ela acaricia a barriga. Eu nunca. Diz as palavras em voz alta, no quarto limpo e silencioso: "Eu nunca". Ela ama a vida, ama com todas as forças, pelo menos em determinados momentos; e estaria matando também o filho. Estaria matando seu filho, seu marido e a outra criança, que ainda se forma dentro dela. Como poderia, qualquer um deles, se recuperar de algo assim? Nada do que possa fazer como mãe e esposa viva, nenhum lapso, nenhum acesso de raiva ou depressão encontraria um paralelo. Seria, pura e simplesmente, mau. Abriria um buraco na atmosfera, através do qual tudo aquilo que criou — dias pacatos, janelas iluminadas, a mesa posta para o jantar — seria sugado.

De todo modo, está satisfeita em saber (porque de alguma maneira, de repente, ela sabe) que é possível parar de viver. Há conforto em encarar toda a gama de opções; em considerar todas as escolhas, sem medo e sem malícia. Ela imagina Virginia Woolf, virginal, desequilibrada, derrotada pelas exigências tremendas da vida e da arte; imagina-a entrando num rio com uma pedra no bolso. Laura continua acariciando a barriga. Seria tão simples quanto entrar num quarto de hotel. Seria simples assim.

MRS. WOOLF

Ela está com Vanessa na cozinha, tomando chá.

"Vi um casaco lindo para Angelica, na Harrods", diz Vanessa. "Mas nada para os meninos, o que me parece muito injusto. Acho que vou acabar lhe dando o casaco de aniversário, só que, é claro, ela vai ficar brava, porque acredita que de qualquer modo ela teria o casaco, que isso é uma coisa normal, não um presente."

Virginia balança a cabeça. No momento, parece que não consegue falar. Tem tanta coisa no mundo. Tem os casacos da Harrods; tem crianças que ficarão bravas e decepcionadas, não importa o que se faça para agradá-las. Tem a mão rechonchuda de Vanessa sobre a xícara e tem o tordo lá fora, tão lindo em sua pira; tão parecido com chapelaria.

Tem esta hora, agora, na cozinha.

Clarissa não morrerá, não pelas próprias mãos. Como poderia suportar deixar tudo isto?

Virginia prepara-se para oferecer algum conselho sábio sobre crianças. Não faz ideia do que dirá, mas dirá alguma coisa.

Gostaria de dizer: Basta. As xícaras e o tordo lá fora, o problema do casaco das crianças. Basta.

Alguém mais morrerá. Tem de ser alguém cuja engenhosidade fosse maior do que a de Clarissa; tem de ser alguém que tenha mágoas e gênio suficientes para conseguir dar as costas às seduções do mundo, suas xícaras e casacos.

"Talvez Angelica —", Virginia diz.

Mas então Nelly chega em seu socorro; furiosa, triunfante, de volta de Londres com um pacote contendo o chá da China e os gengibres cristalizados. Ela segura o pacote no alto, como se fosse atirá-lo.

"Boa tarde, sra. Bell", diz ela, com a calma estudada do carrasco.

Eis aqui Nelly, com o chá e o gengibre, e eis aqui, para sempre, Virginia, inexplicavelmente feliz, mais do que feliz, viva, sentada com Vanessa na cozinha, num dia comum de primavera, enquanto Nelly, a rainha amazona subjugada, Nelly, a indignada perene, mostra o que foi obrigada a trazer.

Nelly se vira e, embora não seja costume entre as duas, Virginia inclina o corpo para a frente e beija Vanessa na boca. É um beijo inocente, bem inocente, mas neste exato momento, nesta cozinha, pelas costas de Nelly, parece o mais delicioso e proibido dos prazeres. Vanessa retribui o beijo.

MRS. DALLOWAY

"Pobre louis."
Julia suspira com uma mistura surpreendentemente madura de pesar e paciência esgotada e, por alguns momentos, lembra a eterna figura da censura materna; parte de uma linhagem secular de mulheres que suspiram com pesar e resignação diante das estranhas paixões dos homens. Clarissa então imagina, em pinceladas rápidas, como será a filha aos cinquenta anos: será o que as pessoas costumam chamar de mulherão, grande de corpo e de espírito, insondável em sua capacidade, decidida, sem dramas, madrugadora. Naquele momento, Clarissa quer ser Louis; não se *juntar* a ele (isso pode ser muito espinhoso, muito difícil), quer *ser* ele, uma pessoa infeliz, uma pessoa estranha, sem fé, sem escrúpulos, solta nas ruas.

"Pois é", ela diz. "Pobre Louis."

Será que Louis vai estragar a festa para Richard? Por que foi convidar Walter Hardy?

"Um homem muito estranho", diz Julia.

"Você suportaria se eu a abraçasse?"

Julia ri e volta a ter dezenove anos. Ela é linda, lindíssima. Assiste a filmes dos quais Clarissa nunca ouviu falar, sofre crises de mau humor e de exaltação. Usa seis anéis na mão esquerda, nenhum deles o que Clarissa lhe deu quando fez dezoito anos. Usa uma argolinha de prata no nariz.

"Claro."

Clarissa abraça a filha e a solta logo. "Como você está?", pergunta outra vez e na mesma hora arrepende-se. Preocupa-a que seja um de seus tiques; um daqueles hábitos inocentes que inspiram pensamentos homicidas num filho. Sua própria mãe pigarreava compulsivamente. E introduzia todas suas opiniões contrárias dizendo: "Detesto ser desmancha-prazeres, mas —".

Essas coisas sobrevivem ainda na memória de Clarissa, ainda capazes de inspirar sua ira, depois ele apagadas a bondade e a modéstia da mãe, sua filantropia. Clarissa diz muitas vezes a Julia: "Como você está?". Faz isso, em parte, por nervosismo (como deixar de ser formal com ela, de se sentir um tanto ansiosa, depois de tudo que aconteceu?) e, em parte, porque quer saber, simplesmente.

A festa, ela pensa, será um fiasco. Richard vai se sentir entediado e ofendido, e com razão. Ela é superficial; dá importância demais a essas coisas. A filha deve fazer piadas a respeito, com os amigos.

Mas ter amigos como Mary Krull!

"Eu estou bem."

"Você está maravilhosa", diz Clarissa, com um desespero alegre. Pelo menos havia sido generosa. Tem sido uma mãe que elogia a filha, a faz sentir-se confiante, que não fica martelando suas próprias mazelas.

"Obrigada. Por acaso ontem deixei minha mochila aqui?"

"Deixou. Está bem ali, no gancho perto da porta."

"Ótimo. Mary e eu vamos fazer compras."

"Onde vai se encontrar com ela?"

"Na verdade, ela está aqui. Está aí fora."

"Ah."

"Está fumando um cigarro."

"Bom, quem sabe depois que terminar o cigarro ela queira entrar para dar um alô."

O rosto de Julia anuvia-se, cheio de contrição e algo mais — a antiga fúria estaria voltando? Ou seria apenas culpa? O silêncio a invade. Parece que existe alguma força de convencionalismo atuando, tão eficaz quanto a força da gravidade. Mesmo que se tenha sido rebelde a vida toda; que se tenha criado uma filha da forma a mais honrada possível, numa casa de mulheres (o pai nada mais que uma proveta numerada, desculpe, Julia, não há como achá-lo) — mesmo com tudo isso, parece que um dia você topa de repente consigo mesma parada sobre um tapete persa, cheia de censuras maternas e sentimentos amargos, magoados, diante de uma moça que despreza você (ela ainda há de nutrir esse sentimento, não é mesmo?) por privá-la de um pai. *Quem sabe depois que terminar o cigarro ela queira entrar para dar um alô.*

Mas por que Mary não poderia se sujeitar a umas poucas regrinhas humanas fundamentais? Não se espera do lado de fora do apartamento de alguém, por mais brilhante e furiosa que a pessoa seja. Você entra e diz alô. Você aguenta firme.

"Vou buscá-la."

"Não precisa."

"Não, sério. Ela só está fumando um cigarro. Sabe como ela é. Tem os cigarros, depois tem o resto."

"Não precisa arrastá-la até aqui. Sinceramente. Vá, você está liberada."

"Não. Eu quero que vocês duas se conheçam melhor."

"Nós nos conhecemos perfeitamente bem."

"Não tenha medo, mamãe. Mary é um doce. Mary é completamente, completamente inofensiva."

"Eu não tenho *medo* dela. Tenha a santa paciência."

Julia dá um sorriso irônico que a enfurece, sacode a cabeça e sai. Clarissa se curva até a mesa de centro, desloca o vaso um centímetro mais para a esquerda. Sente um impulso de esconder as rosas. Se ao menos fosse alguém que não Mary Krull. Se fosse uma outra pessoa.

Julia volta, junto com Mary. Eis aqui, então, uma vez mais, Mary — Mary, a sisuda, a austera, Mary, a correta, de cabeça raspada, onde já se vê a sombra do cabelo crescendo, usando calça cor de rato, peitos balançando (ela deve ter mais de quarenta anos) debaixo de uma regata branca esfarrapada. Seu passo pesado; seu olhar irônico, desconfiado. Vendo Julia e Mary juntas, Clarissa pensa numa menina arrastando para dentro de casa um cachorro de rua, costelas à mostra, dentes amarelados; uma criatura patética, mas em última análise perigosa, que precisa ostensivamente de uma boa casa mas cuja fome é na verdade tão atávica que não pode ser saciada por nenhuma demonstração de amor ou fartura. O cão vai apenas comer e comer. Jamais se sentirá satisfeito; jamais será domado.

"Olá, Mary", diz Clarissa.

"Oi, Clarissa." Ela atravessa a sala a passos largos e aperta a mão de Clarissa. A mão de Mary é pequena, forte e surpreendentemente macia.

"Como está?", Mary pergunta.

"Bem, obrigada. E você?"

Ela sacode os ombros. Como posso estar, como qualquer um pode estar, num mundo como este? Clarissa caiu tão fácil na armadilha da pergunta. Pensa em suas rosas. Será que eles obrigam as crianças a apanharem as flores? Será que as famílias chegam aos campos antes do amanhecer e passam o dia curvadas sobre as roseiras, as costas doendo, dedos sangrando com os espinhos?

"Vão fazer compras?", ela pergunta, e não tenta esconder o desprezo na voz.

Julia diz: "Botas novas. As de Mary já estão quase desmanchando".

"Eu detesto fazer compras." Mary sugere um sorriso de desculpas. "É tamanha perda de tempo."

"Nós vamos comprar as botas hoje", diz Julia. "Ponto-final."

A filha de Clarissa, essa garota maravilhosa, inteligente, podia ser uma esposa feliz, acompanhando o marido nas compras. Podia ser alguém saído dos anos 50, depois de algumas pequenas mudanças.

Mary diz a Clarissa: "Eu não conseguiria, sem ajuda. Posso enfrentar um policial com gás lacrimogêneo, mas nem chegue perto de mim se for uma vendedora".

Clarissa percebe, chocada, que Mary está fazendo um grande esforço. Ela está tentando, a seu modo, encantar.

"Ah, não é possível que elas sejam assim tão assustadoras", diz ela.

"São as lojas, é a coisa toda, toda aquela *merda* espalhada por tudo quanto é canto, com o perdão da palavra, aquele *comércio*, toda aquela *mercadoria*, anúncios por tudo quanto é lado, berrando *compre compre compre compre*, e quando alguém se aproxima, com o cabelo todo arrumado, emplastrada de maquiagem, e diz: 'Posso ajudar?', tudo que eu consigo fazer é não berrar: 'Sua cretina, você não consegue nem ajudar a si mesma'."

"Hum", faz Clarissa. "Isto está me parecendo sério."

Julia diz: "Mary, vamos embora".

Clarissa diz a Julia: "Tome conta dela direitinho".

Tola, pensa Mary Krull. *Bruxa presunçosa, cheia de si*.

Depois se corrige. Clarissa Vaughan não é o inimigo. Clarissa Vaughan está apenas iludida, nem mais, nem menos que isso. Acredita que, obedecendo às normas, pode ter o que os homens têm. Caiu na conversa. Não é culpa sua. Mesmo assim, Mary bem que gostaria de agarrá-la pelo colarinho e gritar: *Você acredita mesmo que se eles vierem pegar os rebeldes não vão parar na sua porta, não é verdade? Você é idiota assim.*

"Até logo, mamãe", diz Julia.

"Não se esqueça da mochila", diz Clarissa.

"Ah, é." Julia ri e pega a mochila no gancho. É de lona cor de laranja, algo que ninguém imaginaria ser dela.

Qual, exatamente, é o problema com o anel?

Durante alguns instantes, enquanto Julia está de costas, Clarissa e Mary se olham cara a cara. *Tola*, pensa Mary, embora lute para continuar a mostrar-se tolerante ou, pelo menos, serena. Não, dane-se a tolerância. Qualquer coisa é melhor do que homossexuais da velha escola, vestidos para se esconder, burgueses até a medula, vivendo feito marido e mulher. Melhor ser um idiota franco e aberto, melhor ser a porra do John Wayne do que uma lésbica bem-vestida com um emprego respeitável.

Fraude, pensa Clarissa. Você enganou minha filha, mas a mim não engana. Conheço de longe um conquistador. Sei tudo sobre tentar impressionar. Não é difícil. Se você gritar alto o bastante, por tempo suficiente, vai juntar gente para espiar o motivo de tanto barulho. É da natureza das multidões. Elas não se demoram, a menos que lhes dê um motivo. Você é igual à maioria dos homens, tão agressiva quanto, toda cheia de autoelogios, mas sua hora acaba passando.

"Certo", diz Julia. "Vamos embora."

Clarissa diz: "Lembre-se da festa. Às cinco".

"Claro", Julia responde. Ela ergue a mochila laranja até o ombro, levando Clarissa e Mary a partilharem sentimentos idênticos. Cada qual adora, com força extraordinária, a autoconfiança vivaz e generosa de Julia, os dias ilimitados que tem pela frente.

"Até mais", diz Clarissa.

Ela é trivial. É alguém que pensa demais em festas. Seria tão bom se Julia pudesse perdoá-la um dia...

"Tchau", diz Mary, cruzando, na esteira de Julia, a soleira da porta.

Mas por que Mary Krull, entre todas as outras pessoas do mundo? Por que uma moça certinha como Julia haveria de se transformar em assecla? Será que continua assim tão ansiosa por um pai?

Mary se demora um instante atrás de Julia, permitindo-se uma visão daquelas costas largas e graciosas, das luas gêmeas da bunda. Mary vê-se quase engolfada pelo desejo e por algo que vai além, por um nervo sensível mais sutil e apurado, que se ramifica através do desejo. Julia lhe inspira um patriotismo erótico, como se Julia fosse o país distante em que Mary nasceu e do qual foi expulsa.

"Vamos", Julia chama, animada, olhando para trás por sobre o brilho sintético cor de laranja de sua mochila.

Mary para uns momentos, espiando. Acha que nunca viu nada tão lindo. *Se você pudesse me amar*, pensa ela, *eu faria qualquer coisa. Você entende? Qualquer coisa.*

"Vamos *logo*", Julia diz outra vez, e Mary se apressa a alcançá-la, desarmada, agoniada (Julia não a ama, não desse jeito, e nunca amará), para comprar um par de botinas novas.

MRS. WOOLF

VANESSA E AS CRIANÇAS VOLTARAM para Charleston. Nelly está lá embaixo, preparando o jantar, misteriosamente contente, bem mais do que nos últimos dias — será possível que aprecie ter sido enviada para executar uma tarefa tola, que saboreie de tal forma a injustiça do fato que se veja inspirada a cantar na cozinha? Leonard está escrevendo em seu gabinete e o tordo descansa sobre sua cama de relva e rosas, no jardim. Virginia para na janela da sala, vendo a escuridão cair sobre Richmond.

É o final de um dia comum. Na escrivaninha, num aposento às escuras, estão as páginas do novo romance, sobre o qual nutre esperanças extravagantes e que, neste momento, ela teme (pensa que *sabe*) que talvez acabe se mostrando árido e fraco, vazio de sentimentos verdadeiros; um beco sem saída. Foi há poucas horas, mas o que sentiu na cozinha com Vanessa — aquela satisfação intensa, aquela bênção — evaporou-se de tal forma que poderia nunca ter ocorrido. O que há é apenas isto: o cheiro da carne de vaca que Nelly está cozinhando (nauseabundo, e Leonard assistirá ao seu esforço para comê-la), todos os relógios da casa prestes a dar a meia hora, seu próprio rosto refletido de modo cada vez mais nítido no vidro da janela à medida que os postes públicos — verde-pálido contra um céu azul — acendem-se pelas ruas de Richmond. Isso é o suficiente, diz consigo mesma. Luta para acreditar no fato. É suficiente estar nesta casa, a salvo da guerra, com uma noite de leituras pela frente, depois dormir, e trabalhar de novo pela manhã. É suficiente que os postes lancem sombras amareladas nas árvores.

Sente a dor de cabeça insinuando-se na nuca. Enrijece. Não, é a lembrança da dor de cabeça, é seu medo da dor de cabeça, ambos tão vívidos a ponto de por alguns momentos não poder distingui-los do início da própria dor de cabeça. Continua ereta, esperando. Tudo bem. Está tudo bem. As paredes da sala não estão balançando; não há nada cochichando de dentro do estuque. Ela é só ela mesma, ali parada, com um marido em casa, criados, tapetes, almofadas e lâmpadas. Ela é ela mesma.

Sabe que sairá quase antes de se decidir. Um passeio; vai simplesmente dar um passeio. Voltará em meia hora, ou menos. Rapidamente, põe o casaco e o chapéu, a echarpe. Dirige-se em silêncio até a porta dos fundos, sai e fecha a porta com cuidado atrás de si. É preferível que ninguém pergunte aonde está indo, ou quando vai voltar.

Lá fora, no jardim, está o montículo sombreado do tordo em seu ataúde, protegido pelas moitas. Um vento forte sopra do leste e Virginia estremece. Parece que saiu de casa (onde a carne cozinha, onde as lâmpadas estão acesas) e entrou no reino do pássaro morto. Ocorre-lhe pensar que os recém-enterrados passam a noite inteira na tumba, depois de feitas as preces, entregues as coroas, depois de todos terem voltado para a aldeia. Depois de as carroças terem passado pelo barro seco da estrada, depois de comidos os jantares e retiradas as colchas das camas; depois de tudo isso acontecer, o túmulo permanece, suas flores remexidas de leve pelo vento. É assustador, mas não completamente desagradável, essa sensação de cemitério. É real; é sufocante e real. É, de certa forma, mais suportável, mais nobre, neste momento, do que a carne de vaca e as lâmpadas. Ela desce os degraus e pisa na grama.

O corpo do tordo continua lá (estranho que os gatos e cães da vizinhança não estejam interessados), pequeno mesmo para um passarinho, tão completamente sem vida, aqui no escuro, feito uma luva perdida, este pequeno punhado de morte. Virginia para para vê-lo. É lixo, agora; entornou a beleza da tarde assim como Virginia entornou seu espanto vespertino por xícaras e casacos; assim como o dia está entornando seu calor. Pela manhã, Leonard recolherá pássaro, relva e rosas com uma pá e jogará tudo fora. Ocorre-lhe pensar no espaço que um ser ocupa em vida, maior cio que ocupa na morte; o quanto de ilusão de tamanho está contido em gestos e movimentos, na respiração. Mortos, revelamo-nos em nossas verdadeiras dimensões, que são modestíssimas. Pois sua própria mãe não parecia ter sido sub-repticiamente removida e substituída por uma versão menorzinha, feita de ferro pálido? Pois ela, Virginia, não sentiu em si mesma um espaço vazio, singularmente pequeno, onde parecia que deveriam estar sentimentos fortes?

Eis aqui, então, o mundo (casa, céu, uma primeira estrela hesitante) e eis aqui seu oposto, esta pequena mancha escura num círculo de rosas. É lixo, só isso. Beleza e dignidade foram ilusões alimentadas pela companhia de crianças, sustentadas em benefício de crianças.

Vira-se e afasta-se. Parece possível, neste momento, haver um outro lugar — um lugar que não tenha nada a ver nem com a carne cozinhando nem com o círculo de rosas. Atravessa o portão do jardim, entra na alameda e se dirige ao centro de Richmond.

Ao atravessar a Princes Street e descer a Waterloo Place (em direção a quê?), passa por outras pessoas: um homem rechonchudo, imponente, com uma mala a tiracolo, duas mulheres que devem ser empregadas voltando de uma tarde de folga, conversando, as pernas brancas às vezes à mostra sob os casacos fininhos, o brilho barato de um bracelete. Virginia ergue a gola do mantô em volta do pescoço, embora não esteja frio. Apenas escurece e venta. Acredita que vai andar até o centro de Richmond, sim, mas o que fará quando estiver lá? As lojas a essa hora já estão sendo varridas e logo mais estarão fechadas. Passa um casal, um homem e uma mulher mais jovens do que ela, os dois andando juntos, sem pressa, curvados um para o outro sob o brilho suave e esverdeado de um poste de luz, conversando (ouve o homem dizer: "Disse-me *algo algo algo* nesse lugar, *algo algo*", limpa a garganta, "com efeito"); ambos, homem e mulher, usam chapéus elegantes, a ponta franjada de um cachecol mostarda (de quem?) adejando atrás, como se fosse uma bandeira; ambos ligeiramente curvados para a frente, bem como um para o outro, subindo a ladeira, segurando o chapéu para não voar com o vento, ávidos mas sem pressa, voltando para casa (muito provavelmente) após um dia em Londres, ele agora dizendo: "De modo que eu lhe pergunto", após o que baixa a voz — Virginia não consegue entender o que diz — e a mulher solta um gritinho alegre, mostrando um lampejo rápido do branco dos dentes, e o homem ri, seguindo adiante, pousando no chão com perfeita confiança a ponta de um e depois a ponta do outro sapato marrom imaculadamente engraxado.

Estou só, pensa Virginia, à medida que o homem e a mulher continuam subindo a ladeira e ela segue descendo. Não está só, é claro, não de maneira reconhecível aos outros, porém neste momento, caminhando no vento em direção às luzes da Quadrant, sente a proximidade do velho demônio (de que outro nome chamá-lo?) e sabe que estará irremediavelmente sozinha se e quando o demônio aparecer outra vez. O demônio é a dor de cabeça; o demônio é a voz dentro da parede; o demônio é uma barbatana rompendo ondas escuras. O demônio é aquele nada ligeiro e pipilante que foi a vida do tordo. O demônio chupa toda a beleza do mundo, toda a esperança, e no fim o que sobra é o reino dos mortos vivos — sem alegria, sufocante. Virginia sente, neste momento, uma certa grandeza trágica, porque o demônio é muitas coisas, mas não é mesquinho, nem sentimental; fervilha com uma verdade letal, intolerável. Bem neste momento, andando, livre da dor de cabeça, livre das vozes, consegue encarar o demônio mas tem de continuar andando, não deve virar a cabeça para trás.

Quando chega à Quadrant (o açougue e a quitanda já suspenderam o toldo), dobra rumo à estação de trem. Ela irá, acha, até Londres; simplesmente irá até Londres, como Nelly durante a tarde, embora sua incumbência seja a própria viagem, a meia hora no trem, o desembarque em Paddington, a possibilidade de descer uma rua e mais outra e outra ainda. Que agitação! Que mergulho! Parece-lhe que pode sobreviver, prosperar, se tiver Londres à sua volta; se desaparecer algum tempo em sua enormidade, impetuosa e impudente sob um céu desprovido de ameaças, todas as cortinas abertas (aqui o perfil austero de uma mulher, ali o topo de uma cadeira entalhada), o trânsito, homens e mulheres passando alegres em traje de noite; o cheiro de cera, de gasolina e de perfume, enquanto alguém, em algum lugar (numa dessas avenidas largas, numa dessas casas brancas, com pórtico de entrada), toca piano; enquanto as buzinas berram e os cães ladram, enquanto todo o estridente carnaval gira e revira, ardendo, luzindo; enquanto o Big Ben dá as horas, que caem em círculos de chumbo sobre transeuntes e ônibus, sobre a pétrea rainha Vitória sentada diante do palácio, em patamares de gerânios, sobre os parques que dormem envoltos em sombras solenes por trás de cercas de ferro negro.

Virginia desce a escada que leva à estação de trem. A estação de Richmond é, ao mesmo tempo, um portal e um destino. Tem colunas, cobertura, um vago cheiro de queimado, e parece um tanto desolada, mesmo quando cheia (como agora), com seus bancos amarelos de madeira que não incentivam demoras prolongadas. Ela confere o relógio, vê que um trem acaba de sair e que o próximo só partirá dentro de vinte e cinco minutos. Fica tensa. Tinha imaginado (que tola!) entrar direto num trem ou, no máximo, esperar cinco ou dez minutos. Para impaciente diante do relógio, depois dá alguns passos lentos, na plataforma. Se fizer isso, se entrar no trem que parte daqui a, quanto agora?, vinte e três minutos, e for a Londres, e andar por Londres, e tomar o último trem de volta (isso a deixará em casa às onze e dez), Leonard ficará louco de preocupação. Se ligar para ele (há um telefone público, recém-instalado, aqui na estação), ficará furioso, pedirá que volte imediatamente; dará a entender (jamais de forma direta) que se ela ficar exausta, acabrunhada, se adoecer de novo, terá sido a única culpada. E aí, é claro, está o dilema: Leonard está ao mesmo tempo certíssimo e equivocado ao extremo. Ela se sente melhor, mais segura, descansando em Richmond; se não falar demais, se não escrever demais, não sentir demais; se não viajar impetuosamente a Londres e andar por suas ruas. Só que, desse jeito, está morrendo aos poucos num leito de rosas. Melhor, na verdade, mergulhar a barbatana na água do que viver escondida, como se a guerra ainda não tivesse acabado (estranho como a primeira

143

lembrança que vem à mente, depois de tudo aquilo, é a da espera interminável no porão, a casa inteira amontoada num só lugar, tendo de conversar horas a fio com Nelly e Lottie). Sua vida (ela já passou dos quarenta!) está sendo medida, xícara por xícara, e o vagão carnavalesco que leva Vanessa — toda aquela festa espalhafatosa que ela é, aquela vida imensa, as crianças, os quadros, os amantes, a casa fascinante e atravancada — desvaneceu-se na noite, deixando um rastro onde ecoam os pratos e os metais, as notas do acordeão, como rodas descendo a rua. Não, ela não vai telefonar da estação, fará isso assim que chegar a Londres, assim que não houver nada a fazer a respeito. Ela vai receber seu castigo.

Compra um bilhete do homem de rosto avermelhado atrás do guichê. Senta-se, muito ereta, num banco de madeira. Dezoito minutos, ainda. Sentada no banco, olha direto para a frente (gostaria de ter alguma coisa para ler), até não aguentar mais (quinze minutos ainda). Levanta-se e sai da estação. Se andar um quarteirão pela Kew e voltar, chegará bem a tempo de tomar o trem.

Está passando pela imagem alourada e truncada de si mesma refletida no nome do açougue escrito em letras douradas no vidro, por cima da carcaça de um carneiro (um tufo de lã clara ainda preso ao osso do calcanhar), quando vê Leonard vindo em sua direção. Ela pensa, por alguns instantes, em virar as costas e correr de volta à estação; pensa que assim escapará de algum tipo de catástrofe. Mas não faz nada. Continua avançando, na direção de Leonard, que obviamente saiu às pressas, ainda de chinelo de couro no pé, parecendo magro demais — macilento — com seu colete e paletó de veludo, seu colarinho aberto. Embora tenha vindo à sua procura como um sargento, ou bedel, uma personificação da censura, impressiona-se com sua aparência minúscula, de chinelos na Kew Road; um homem de meia-idade, comum. Ela o vê, por instantes, como um estranho o veria: simplesmente alguém como os muitos homens que andam pelas ruas. Sente-se triste por ele e curiosamente comovida. Consegue dar um sorriso irônico.

"Sr. Woolf. Que prazer inesperado."

Ele diz: "Quer me fazer o favor de dizer o que está fazendo?".

"Dando uma volta. Isso lhe parece misterioso?"

"Apenas quando você some de casa, pouco antes do jantar, sem dizer uma palavra."

"Eu não queria interrompê-lo. Sabia que estava trabalhando."

"Estava."

"Pois então."

"Não suma assim. Eu não gosto."

"Leonard, você está agindo de um modo meio estranho."

Ele franze o cenho. "Estou? Não sei por quê, na verdade. Fui procurá-la e você não estava. Pensei, aconteceu alguma coisa. Não sei por quê."

Ela o imagina dando uma busca na casa, investigando o jardim. Imagina-o saindo às pressas, passando pelo corpo do tordo, atravessando o portão, descendo a ladeira. De repente, sente uma pena imensa dele. Devia, sabe disso, dizer-lhe que sua premonição não estava de todo errada; que tinha, de fato, planejado uma espécie de fuga e que tinha, na verdade, intenção de desaparecer, ainda que por umas poucas horas.

"Não aconteceu nada. Só saí para tomar um pouco de ar na rua. Está uma noite e tanto."

"Fiquei tão preocupado. Não sei por quê."

Continuam alguns momentos parados, num silêncio inusitado. Olham para a vitrine do açougue, onde estão refletidos, de forma fragmentada, nas letras douradas.

Leonard diz: "Precisamos voltar para o assado de Nelly. Temos cerca de quinze minutos, antes que ela se revolte e ponha fogo na casa".

Virginia hesita. Mas Londres! Ela ainda quer, desesperadamente, tomar o trem.

"Você deve estar com fome", ela diz.

"Estou, um pouco. Você também, com certeza."

Ela pensa, de repente, em como os homens são frágeis, cheios de terror. Pensa em Quentin, entrando em casa para lavar das mãos a morte do tordo. Parece-lhe, naquele momento,

145

estar atravessada sobre uma linha invisível, um pé deste lado, o outro daquele. Deste lado está o austero e preocupado Leonard, a fileira de lojas fechadas, a ladeira escura que leva de volta a Hogarth House, onde Nelly aguarda com impaciência, quase com alegria, a chance seguinte de ter mais um motivo de queixa. Do outro lado está o trem. Do outro lado estão Londres e tudo o que Londres sugere de liberdade, de beijos, de possibilidades de arte, do brilho obscuro e sonso da loucura. Mrs. Dalloway, pensa ela, é uma casa num morro onde há uma festa prestes a começar; a morte é a cidade lá embaixo, que Clarissa Dalloway ama e teme, e onde ela quer penetrar, de um jeito ou de outro, tão profundamente que nunca mais ache a saída.

Virginia diz: "Já é tempo de mudarmos de volta para Londres. Não acha?".

"Não tenho muita certeza disso."

"Já estou melhor há bastante tempo. Não podemos ficar morando para sempre neste lugar, não é mesmo?"

"Vamos conversar a respeito no jantar, que tal?"

"Muito bem."

"Quer tanto assim voltar a morar em Londres?"

"Quero", ela diz. "Gostaria que não fosse assim. Gostaria de me sentir feliz com uma vida sossegada."

"Como eu."

"Ora."

Ela guarda na bolsa o bilhete do trem. Jamais dirá a Leonard que planejava fugir, mesmo que só por algumas horas. Como se fosse ele que estivesse precisando de cuidados e conforto — como se fosse ele que estivesse em perigo —, Virginia dá-lhe o braço e aperta-lhe afetuosamente o cotovelo. Começam a subir a ladeira para Hogarth House, de braços dados, como qualquer casal de meia-idade voltando para casa.

MRS. DALLOWAY

"MAIS CAFÉ?", Oliver pergunta a Sally.

"Obrigada." Sally estende a xícara para o assistente dele. Estranha o moço sem graça, loiro aguado, rosto encovado, que, embora apresentado como assistente, parece incumbido de servir o café. Sally esperava um garanhão impecável, com maxilares e bíceps avantajados. Esse rapaz franzino, ansioso, estaria muito à vontade atrás do balcão da seção de perfumaria de uma loja de departamentos.

"Então, o que achou?", Oliver pergunta.

Sally observa o café sendo servido, para não ter de encará-lo. Depois que a xícara é posta à sua frente, dá uma olhada em Walter Hardy, que não deixa transparecer nada. Walter tem o dom, notável até, de em certos momentos parecer completamente atento e inteiramente impassível, como um lagarto trepado numa pedra ensolarada.

"Interessante", diz Sally.

"É", Oliver responde.

Sally balança a cabeça, de forma ponderada, e toma um gole de café. "O que eu me pergunto é se poderá ser feito."

"Acho que chegou a hora", Oliver diz. "Acho que as pessoas estão prontas."

"Acha mesmo?"

Sally apela em silêncio para Walter. *Fale, seu imbecil.* Walter apenas balança a cabeça, piscando, aquecendo-se, alerta diante da possibilidade de perigo e, ao mesmo tempo, hipnotizado pelo calor que emana de Oliver St. Ives, esbelto, marcado pelos seus quarenta e poucos anos, o olhar penetrante por detrás dos óculos modestos de armação de ouro; cuja imagem em celuloide sobreviveu a inúmeras tentativas por parte de outros homens de assassiná-lo, enganá-lo, vilipendiar seu nome, arruinar-lhe a família; que namorou com deusas, sempre com o mesmo ardor encabulado, como se não pudesse acreditar em sua sorte.

"Acho", diz Oliver, com um aumento audível de impaciência na voz.

"Parece de fato, hum, interessante", Sally diz, e não consegue deixar de rir.

"Walter daria conta do recado", fala Oliver. "Walter conseguiria, com certeza."

Ao ouvir seu nome, Walter desperta, pisca mais rápido, mexe-se na cadeira e quase muda de cor. "Eu adoraria tentar", diz ele.

Oliver dá seu famoso sorriso. Sally ainda se surpreende, às vezes, com o tanto que Oliver se parece consigo mesmo. Os astros de cinema não deviam ser baixinhos, banais e mal-humorados? Não nos devem isso? Oliver St. Ives deve ter se visto como ator de cinema desde a infância. Ele é incandescente; é heroico, Bunyanesco. Tem no mínimo um metro e noventa de altura e mãos perfeitas, coroadas de pelos alourados, capazes de abarcar sem esforço a cabeça da maioria dos homens. Tem traços grandes, rosto uniforme e, se pessoalmente não chega a ser tão bonito quanto na tela, traz consigo toda aquela singularidade misteriosa e inegável, uma singularidade que não é só do espírito, mas da carne também, como se os outros americanos exuberantes, musculosos e resolutos fossem todos cópias suas, algumas bem executadas, outras produzidas com uma certa indiferença.

"Tente", Oliver diz a Walter. "Tenho uma enorme fé em seus poderes. Afinal, você arruinou minha carreira com uma historiazinha de nada."

Walter tenta um sorriso inteligente, mas o que consegue é algo de uma vileza abominável, carregado de ódio. Sally o imagina, de repente e com toda nitidez, aos dez anos de idade. Um menino gordo, louco para se mostrar simpático, capaz de calcular a posição social dos outros garotos até o último milímetro. Capaz de trair quase de todas as formas.

"Não me venha com essa", Walter diz, sorrindo. "Então eu

não fiz o possível para dissuadi-lo da ideia? Quantas vezes eu liguei?"

"Não se preocupe, meu amigo, estou só brincando com você", Oliver diz. "Não me arrependo de nada, de nada. O que acha do roteiro?"

"Nunca tentei fazer um *thriller* antes", diz Walter.

"É fácil. É a coisa mais fácil do mundo. Alugue uma meia dúzia de filmes que deram lucro e saberá tudo o que precisa saber."

"Mas este seria um pouco diferente", Sally intervém.

"Não", Oliver retruca, com paciência risonha, irritada. "Não seria diferente. Este teria um gay como herói. Só isso, e não tem nada de tão diferente nisso. Ele não se sentiria torturado por sua sexualidade. Não teria HIV. Seria apenas um gay fazendo seu trabalho. Um gay que salva o mundo, de um modo ou de outro."

"Hum", faz Walter. "Acho que eu conseguiria fazer isso. Gostaria de tentar."

"Ótimo. Excelente."

Sally toma seu café, querendo ter ido embora, querendo ficar; querendo não querer ser admirada por Oliver St. Ives. Não existe força mais poderosa no mundo, pensa ela, do que a fama. Para ajudá-la a manter o equilíbrio, olha em volta do apartamento que fora capa da *Architectural Digest* um ano antes de Oliver abrir o jogo e que, com quase toda a certeza, nunca mais vai aparecer em revista nenhuma, tendo-se em vista o que a revelação da opção sexual de Oliver agora sugere sobre seus gostos. A ironia, pensa Sally, é que o apartamento, a seu ver tenebroso, é o protótipo da exuberância machista, com sua mesinha de centro de acrílico, paredes laqueadas de marrom, seus nichos onde objetos asiáticos e africanos, sob a luz dos spots (Oliver com certeza pensa neles como "dramaticamente iluminados"), apesar da forma irrepreensível e reverente com que são exibidos, sugerem, mais que conhecimento, pilhagem. Essa é a terceira vez que Sally vai ao apartamento e em todas elas sentiu ímpetos de confiscar os tesouros e devolvê-los a seus verdadeiros donos. Finge prestar atenção em Oliver enquanto se imagina entrando numa remota aldeia na montanha, entre saudações e gritos, carregando de volta a máscara de antílope escurecida pelo tempo, ou a tigela levemente fosforescente de porcelana verde-clara em que duas carpas pintadas nadam há mais de dez séculos.

"Você não está muito certa, Sal?", Oliver pergunta.

"Hein?"

"Você não está convencida."

"Se estou ou não pouco importa. O importante é que eu não entendo nada disso. Eu não conheço Hollywood."

"Você é mais inteligente do que a maioria do pessoal por lá. Você é uma das poucas pessoas versadas no assunto a quem eu respeito."

"Eu não sou 'versada no assunto', de jeito nenhum, você sabe o que eu faço —"

"Você não se convenceu."

"Bom, não, não me convenci. Mas, no fundo, quem está ligando para isso?"

Oliver suspira e enterra os óculos um pouco mais no nariz, um gesto, Sally tem certeza de que se lembra, saído de um de seus filmes, alguma coisa envolvendo um sujeito pacato (contador? advogado? talvez pudesse até ter sido um produtor de televisão) que acaba sendo forçado a dizimar brutalmente um pequeno exército de traficantes de drogas, para salvar a filha adolescente.

"Reconheço que vamos ter que acertar no tom", Oliver diz devagar. "Não estou achando que é uma coisa garantida."

"Ele teria um amante?"

"Um companheiro. Um rabicho. Meio como Batman e Robin."

"Eles fariam sexo?"

"Ninguém faz sexo num *thriller*. Prejudica demais o ritmo da ação. Você perde a garotada. No máximo, um beijo no fim."

"Quer dizer que os dois se beijariam no final?"

"Esse departamento é do Walter."

"Walter?"

Walter devolve o olhar e entra em ação. "Ei! Eu disse não faz nem três minutos que talvez quem sabe eu pudesse tentar. Me deem um tempo."

Oliver diz: "Não podemos é ficar confiantes demais. Já vi muita gente sentar para escrever um grande sucesso e afundar com tudo. Deve ser algum mau-olhado".

"Acha que as pessoas vão se interessar?", Sally pergunta. "Quer dizer, gente suficiente?"

Oliver suspira outra vez, agora num tom diferente. Trata-se de um suspiro resignado e final, quase nasalado, significativo em sua falta de drama. É como o primeiro suspiro desinteressado que um amante solta ao telefone, o suspiro que sinaliza o comecinho do fim. Teria Oliver usado esse suspiro em algum filme? Ou será que alguém, uma pessoa real, suspirou assim no ouvido de Sally, muito tempo atrás?

"Bom." Oliver coloca as mãos, as palmas voltadas para baixo, sobre a toalha da mesa. "Walter, por que você e eu não conversamos mais um pouco a respeito, daqui a alguns dias, depois que você tiver digerido tudo isso?"

"Claro. Para mim está ótimo."

Sally toma um último gole de café. Tudo isso, claro, é o jogo de um homem; o corpo de delírios de um homem. Na verdade não precisaram dela em momento nenhum. Depois de ter participado de seu programa, Oliver enfiara na cabeça (convenhamos que ele não é nenhum Einstein) que ela era sua musa e mentora, uma espécie de Safo compassiva, dizendo coisas sábias de sua ilha. Melhor pôr um ponto-final nisso agora mesmo.

Mesmo assim, existe esse terrível desejo de ser amada por Oliver St. Ives. Mesmo assim, existe esse horror de ser deixada para trás.

"Obrigado por ter vindo", Oliver diz, e Sally domina o impulso de se desdizer — de se debruçar sobre a mesa, sobre as ruínas do almoço, e dizer a Oliver: *Pensei a respeito e cheguei à conclusão de que um* thriller *com um herói gay pode dar muito certo.*

Até logo, então. Hora de voltar às ruas.

* * *

Sally para com Walter na esquina da Madison com a Seventieth. Não falam sobre Oliver St. Ives. Compreendem que, cada um à sua maneira, Walter saiu-se bem e Sally fracassou, e que Sally saiu-se bem e Walter fracassou. Encontram outras coisas para conversar.

"Quer dizer que vamos nos ver de novo esta noite", Walter diz.

"Hã, hã", responde ela. Quem foi que convidou Walter?

"Como *vai* o Richard?", Walter pergunta. Inclina a cabeça um tanto desajeitamente, com uma certa reverência, apontando a aba do boné para as bitucas de cigarro, os círculos cinzentos de chiclete, o invólucro amassado que, Sally não pode deixar de notar, conteve em algum momento um Big Mac. Ela nunca comeu um Big Mac.

O farol abre. Eles atravessam.

"Bom", Sally diz. "É uma perda terrível."

"Que tempos, estes", Walter fala. "Deus meu, que tempos."

Sally é invadida, de novo, por uma onda de indignação que vem subindo da barriga e inunda a vista de calor. É a vaidade de Walter que é insuportável. É saber que, no momento em que diz as coisas certas e respeitosas — mesmo quando talvez até sinta as coisas certas e respeitosas —, ele pensa, também, em como é bom ser esse romancista semifamoso chamado Walter Hardy, amigo de estrelas de cinema e de poetas, ainda com saúde e musculoso, depois dos quarenta. Ele seria mais cômico se fosse menos influente.

"Bom", Sally diz na esquina seguinte, mas, antes que consiga se despedir, Walter vai até uma vitrine e para com o rosto a alguns centímetros do vidro.

"Olha só que lindas."

Na vitrine há três camisas de seda, cada uma exposta numa reprodução de gesso de uma estátua clássica grega. Uma delas tem um tom pálido de abricó, a outra é verde-esmeralda, a terceira de uma tonalidade viva de azul. Cada uma diferentemente

bordada em volta do colarinho e na frente com um fio de prata
tão fino quanto uma teia de aranha. As três assentam lânguidas
sobre os torsos esbeltos, e de cada colarinho emerge uma cabeça branca, serena, de lábios cheios, nariz reto e olhos vazios.

"Hum", faz Sally. "Sim. Lindas."

"Quem sabe eu compre uma para Evan. Ele bem que gostaria de um presente, hoje. Vamos entrar."

Sally hesita, depois entra contra a vontade na loja, impotente diante da súbita onda de remorso que a faz ir adiante. Sim, Walter é ridículo, mas, junto com o desdém, ela parece sentir uma ternura horrenda e inevitável pelo pobre coitado, que passou os últimos anos à espera da morte do namorado bonito e burro, seu troféu, e agora, de repente, se vê diante da perspectiva (será que tem sentimentos ambíguos a respeito?) de que o namorado sobreviva. Morte e ressurreição são sempre hipnóticos, pensa Sally, e parece que não importa lá grande coisa se envolvem o herói, o vilão ou o palhaço.

A loja é toda de madeira de bordo envernizada e granito negro. Cheirando vagamente a eucalipto. As camisas estão expostas em balcões negros reluzentes.

"Acho que a azul", Walter diz ao entrar. "Azul é uma boa cor para Evan."

Sally deixa Walter falando com o belo vendedor de cabelos escorridos para trás. Passeia meditativa pela loja, olha para a etiqueta de uma camisa creme, com botões de madrepérola. Custa quatrocentos dólares. Será patético ou heroico, indaga-se, comprar uma camisa assim tão fabulosa e tão cara para um amante que talvez, quem sabe, esteja se recuperando? Será que as duas coisas? A própria Sally não conseguiu desenvolver o dom de presentear Clarissa. Mesmo depois de todos esses anos, nunca sabe ao certo o que poderá agradar-lhe. Houve alguns sucessos — a echarpe de cashmere cor de chocolate do último Natal, a caixinha laqueada antiga onde ela guarda as cartas —, mas houve também um igual número de fracassos. Houve o extravagante relógio da Tiffany (muito formal, pelo visto), a malha amarela (foi a cor ou a gola?), a bolsa preta de couro (simplesmente errada, impossível dizer por quê). Clarissa se recusa a admitir quando um presente não agrada, apesar das exortações de Sally. Cada presente, segundo Clarissa, é perfeito, exatamente o que estava querendo, e tudo que o desafortunado presenteador pode fazer é esperar e ver se o relógio será considerado "bom demais para o dia a dia", ou a malha será usada uma vez, numa festa obscura, para em seguida desaparecer por completo. Sally começa a ficar brava com Clarissa, Walter Hardy e Oliver St. Ives; com todos os seres otimistas e desonestos; mas então dá uma olhada para Walter, comprando a camisa azulão para o amante, e se vê tomada pelo saudosismo. Clarissa provavelmente está em casa, nesse instante.

De repente, com urgência, Sally quer ir para casa. Diz a Walter: "Tenho de ir. É mais tarde do que eu pensava".

"Eu não vou demorar."

"Estou indo. Te vejo logo mais."

"Gostou da camisa?"

Sally toca o tecido, que é macio, com grânulos minúsculos, vagamente carnoso. "Adorei. É uma camisa maravilhosa."

O vendedor sorri com gratidão, tímido, como se fosse pessoalmente responsável pela beleza da camisa. Ele não é altivo ou condescendente, como seria de se esperar de um lindo rapaz trabalhando numa loja como essa. De onde é que eles saem, esses bonitões impecáveis que trabalham como vendedores? O que será que almejam?

"É", Walter concorda. "É uma camisa e tanto, não é mesmo?"

"Até logo."

"Certo. Vejo você mais tarde."

Sally sai da loja o mais depressa que pode e caminha na direção do metrô, na Sixty-Eighty. Gostaria de chegar em casa com um presente para Clarissa, mas não consegue imaginar o quê. Gostaria de dizer a ela alguma coisa, alguma coisa importante, mas não consegue pensar em nada. "Eu te amo" é fácil demais. "Eu te amo" tornou-se quase corriqueiro, algo que é dito não só nos aniversários mas também de modo espontâneo, na cama ou na pia da cozinha, até mesmo em táxis, ao alcance dos ouvidos de motoristas estrangeiros que acreditam que a mulher deve andar três passos atrás do marido. Sally e Clarissa não são mesquinhas com sua afeição e, claro, isso é bom, mas agora Sally descobre que quer chegar em casa e dizer algo mais, algo que vá além não apenas do que é doce e reconfortante, algo que ultrapasse a própria paixão. O que ela quer dizer tem a ver com todas as pessoas que morreram; tem a ver com seus próprios sentimentos de uma sorte imensa e de uma perda iminente, devastadora. Se acontecer alguma coisa com Clarissa, ela, Sally, continuará vivendo mas não conseguirá, propriamente, sobreviver. Ela não ficará bem. O que ela quer dizer tem a ver não só com a alegria como também com um medo penetrante e constante, que é a outra metade da alegria. Consegue suportar a ideia da própria morte, mas não suporta a ideia da morte de Clarissa. Esse amor que existe entre elas, com sua domesticidade tranquilizadora, seus silêncios fáceis, sua permanência, sujeitou Sally diretamente à engrenagem da mortalidade. Agora existe uma perda inimaginável. Agora existe uma corda a seguir, neste momento em que caminha rumo ao metrô no Upper East Side, amanhã, depois de amanhã e depois de depois de amanhã, o tempo todo, até o fim de sua vida e o fim da vida de Clarissa.

Salta do metrô e para na esquina, na banca de flores ao lado do mercado coreano. A seleção é a de sempre, cravos e crisântemos, um punhado de lírios desolados, frésias, margaridas, buquês de tulipas de estufa brancas, amarelas, vermelhas, as pétalas endurecidas nas pontas. Flores zumbis, ela pensa; simples produtos, forçadas a existir como galinhas cujos pés nunca tocam o chão, do ovo ao matadouro. Sally para de cenho franzido diante das flores, dispostas em prateleiras de madeira de alturas diversas, vê-se reproduzida, junto com as flores, nos ladrilhos espelhados do fundo (lá está ela, grisalha, rosto pontiagudo, pálida — como foi que envelheceu tanto? —, precisa de fato tomar um pouco mais de sol), e pensa que não há nada no mundo que queira para si ou Clarissa, nem camisas de quatrocentos dólares, nem essas flores deploráveis, nada. Está prestes a sair de mãos vazias quando repara num único buquê de rosas amarelas num balde marrom de borracha, no canto. Elas estão começando a abrir. As pétalas, na base, foram banhadas por um amarelo mais escuro, quase laranja, um rubor cor de manga que se espalha para cima e se difunde em veios fininhos. São tão convincentes na semelhança que guardam com flores de verdade, nascidas da terra de um jardim, que parecem estar ali na floricultura por acaso. Sally compra o buquê mais que depressa, numa atitude quase furtiva, como se temesse que a coreana que cuida da banca de flores fosse perceber o engano e informá-la, muito grave, que essas rosas não estão à venda. Caminha pela Tenth Street com as rosas na mão, sentindo-se felicíssima e, quando entra no apartamento, está ligeiramente excitada. Há quanto tempo elas não fazem sexo?

"Ei", ela grita. "Você está em casa?"

"Aqui", Clarissa responde, e Sally percebe, pelo tom de voz, que alguma coisa está errada. Estará prestes a cair numa daquelas pequenas emboscadas que pontilham a vida em comum das duas? Teria entrado, com seu buquê e seu desejo nascente, em alguma cena de mesquinhez doméstica, num mundo subitamente cinzento e mórbido, por ter revelado, ainda tuna vez, o egoísmo dela ao deixar de fazer algo, esquecer de limpar alguma coisa, não dar algum recado importante? Sua alegria se vai; seu desejo evapora. Entra na sala com as rosas.

"O que houve?", pergunta a Clarissa, que está sentada no sofá, apenas sentada ali, como se estivesse na sala de espera de um médico. Ela olha para Sally com uma expressão engraçada, mais desorientada que abalada, como se não tivesse certeza de sua identidade; Sally experimenta por alguns momentos a sugestão do declínio por vir. Se ambas sobreviverem o suficiente, se continuarem juntas (e como, depois de tudo isso, poderiam se separar?), assistirão ao emurchecer uma da outra.

"Nada", ela diz.

"Você está bem?"

"Hein? Ah, estou. Não sei. Louis está em Nova York. Ele voltou."

"Era inevitável, mais cedo ou mais tarde."

"Ele passou por aqui, veio e tocou a campainha. Conversamos um pouco, depois ele começou a chorar."

"Sério?"

"É. Por nada, do nada, mais ou menos. Depois Julia apareceu e ele se foi."

"Louis. Quais as novidades?"

"Está namorando de novo. Um aluno."

"Certo. Bem."

"Aí Julia apareceu com Mary —"

"Deus meu. O circo todo esteve aqui."

"Ah, Sally, olha. Você trouxe rosas."

"O quê? Ah, é. Trouxe sim."

Sally balança as rosas e, ao mesmo tempo, vê o vaso cheio de rosas que Clarissa pôs sobre a mesa. As duas caem na risada.

"Isso está parecendo um daqueles momentos à la O. Henry, não está não?", Sally diz.

"Rosas nunca são demais", fala Clarissa.

Sally entrega-lhe as rosas e por um instante sentem-se completamente felizes. Estão ambas presentes neste momento e conseguiram, de um modo ou de outro, no decorrer dos últimos dezoito anos, continuar se amando. Isso basta. Neste momento, basta.

MRS. BROWN

Está mais atrasada do que pretendia, mas nada de muito grave; não tão atrasada que precise dar explicações. São quase seis da tarde. Chegou até a metade do livro. Indo para a casa da sra. Latch, sente a presença daquilo que leu: Clarissa e o demente Septimus, as flores, a festa. Imagens passam-lhe pela cabeça: o vulto no carro, o avião com sua mensagem. Laura ocupa uma espécie de região obscura limítrofe; um mundo composto de Londres nos anos 1920, de um quarto de hotel turquesa e deste carro, descendo a rua conhecida. Ela é e não é ela mesma. É uma mulher em Londres, uma aristocrata, pálida e encantadora, um tanto falsa; é Virginia Woolf; e é esta outra, uma coisa incipiente, cambaleante, conhecida como sendo ela própria, mãe, motorista, uma faixa espiralada de pura vida, igual à Via Láctea, amiga de Kitty (a quem beijou e que pode estar morrendo), um par de mãos com unhas cor de coral (uma delas lascada) e um anel de brilhante, presente de casamento, agarradas à direção do Chevrolet no momento em que um Plymouth azul-claro à sua frente pisca as luzes do freio, no momento em que o sol de verão adquire a intensidade dourada de um fim de tarde, no momento em que um esquilo corre pelo fio do telefone, a cauda um ponto de interrogação cinza-claro.

Para diante da casa da sra. Latch, onde há dois esquilos de gesso pregados na cumeeira da garagem. Ela sai do carro e por um instante fica olhando para os esquilos de gesso, ainda com as chaves do carro na mão. A seu lado, o automóvel emite um ruído esquisito, um tique-taque (está fazendo isso já há vários dias, terá de levá-lo ao mecânico). É tomada por uma sensação de não ser. Não há outra palavra para isso. Parada ao lado do carro que faz tique-taque, diante da garagem da sra. Latch (os esquilos de gesso lançam sombras compridas), ela não é ninguém; não é nada. Parece-lhe, por poucos segundos, que ao ir para o hotel deixou sua vida de lado, e essa entrada, essa garagem, lhe é completamente estranha. Ela esteve fora. Esteve pensando com indulgência, até mesmo desejo, na morte. Isso lhe ocorre ali, na entrada da casa da sra. Latch — ela esteve pensando com ansiedade na morte. Foi a um hotel em segredo, como poderia ter ido encontrar um amante. Para, segurando as chaves do carro e a bolsa, encarando a garagem da sra. Latch. A porta, pintada de branco, tem uma janelinha de grades verdes, como se a garagem fosse uma casa em miniatura pegada à casa maior. A respiração de Laura fica de repente difícil. Está um pouco zonza — parece que vai tropeçar e cair na entrada lisa de concreto da casa da sra. Latch. Considera a possibilidade de voltar ao carro e ir embora de novo. Força-se a ir adiante. Lembra a si mesma: tem de pegar o filho, levá-lo para casa e terminar de preparar o jantar de aniversário do marido. Tem de fazer essas coisas triviais.

Com algum esforço, toma fôlego e sobe a rampa, até o estreito pórtico da casa da sra. Latch. É todo esse sigilo, diz a si mesma; é a estranheza do que acabou de fazer, embora não tenha havido mal nenhum, não é? Ela *não* foi se encontrar com um amante, como uma esposa de romance barato. Simplesmente saiu por algumas horas, leu seu livro e voltou. É segredo apenas porque não sabe muito bem como explicar, bom, nada daquilo — o beijo, o bolo, o momento de pânico quando o carro chegou no alto de Chavez Ravine. Com certeza não saberia explicar as duas horas e meia passadas lendo num quarto de hotel.

Respira fundo mais uma vez. Toca a campainha retangular e iluminada da sra. Latch, que reluz alaranjada sob o sol de fim de tarde.

A sra. Latch abre a porta quase na mesma hora, como se tivesse estado ali o tempo todo, esperando. É uma mulher rosada, de quadris imensos em sua bermuda, excessivamente bondosa; sua casa recende a um aroma opulento e castanho, algum tipo de assado, que se desprende por trás dela, quando abre a porta.

"Ora, olá", diz ela.

"Oi", Laura responde. "Desculpe o atraso."

"Que é isso. Nós nos divertimos muito. Entre."

Richie vem correndo da sala. Está corado, alarmado, sufocado de amor e alívio. Há uma sensação de que Laura os pegou fazendo alguma coisa; a sensação de que ambos pararam de fazer o que estavam fazendo e esconderam apressadamente algum tipo de prova. Não, ela é que está com a consciência pesada, hoje; e ele está confuso, só isso, pensa. Passou as últimas horas num outro reino, muito diferente. Ficando na casa da sra. Latch, mesmo que por poucas horas, começou a perder o rumo de sua própria vida. Começou a acreditar, e sem a menor alegria, que morava ali, que talvez sempre tivesse morado ali, entre toda essa mobília amarela gigantesca, essas paredes forradas de rami.

Richie cai no choro e corre para ela.

"Ora, vamos", diz Laura, pegando o filho no colo. Inala seu cheiro, a essência íntima dele, uma limpeza profunda, indefinível. Segurando-o, aspirando, sente-se melhor.

"Mas quanta felicidade", diz a sra. Latch, com uma alegria elaborada e enérgica, rancorosa. Por acaso teria se imaginado algum tipo de prêmio, uma favorita, e a sua casa uma casa de grandes prodígios? Sim, provavelmente imaginou. Será que de repente se ressente por ele ser um menino mimado? Provavelmente.

"Oi, Bug", Laura diz, perto da orelha rosada do filho. Sente orgulho de sua calma maternal, de seu direito sobre o menino. Está constrangida pelas lágrimas. Talvez as pessoas pensem que ela é superprotetora. Por que será que ele se comporta desse jeito com tanta frequência?

"Conseguiu fazer tudo?", pergunta a sra. Latch.

"Consegui. Mais ou menos. Muito obrigada por ter ficado com ele."

"Ora, nós nos divertimos muito", diz ela, com energia e raiva. "Pode trazê-lo quando quiser."

"Você se divertiu?", Laura pergunta.

"Hã, hã", fala Richie, as lágrimas diminuindo. Seu rosto é uma miniatura de esperança, dor e confusão agoniadas.

"Comportou-se direitinho?"

Ele faz que sim com a cabeça.

"Sentiu saudades?"

"Senti!"

"Bom, eu tinha muita coisa a fazer. Esta noite nós temos que dar uma festa de verdade para o papai, não temos?"

Ele balança a cabeça. Continua olhando para ela com uma suspeita lacrimosa, desconcertada, como se ela pudesse não ser, no fim das contas, sua mãe de verdade.

Laura paga a sra. Latch e aceita uma estrelítzia do seu quintal. Ela sempre oferece alguma coisa — uma flor, biscoitos —, como se esse fosse o motivo do pagamento e cuidasse do menino de graça. Pedindo desculpas de novo pelo atraso e lembrando a chegada iminente do marido, Laura abrevia os costumeiros quinze minutos de conversa, põe Richie no carro e se afasta, com um último aceno exagerado de mão. Os três braceletes de marfim tilintam.

Assim que se afastam da casa da sra. Latch, Laura diz a Richie: "Puxa, sabia que estamos num apuro danado? Temos de voltar direto para casa e começar o jantar. Já devíamos estar em casa uma hora atrás".

Ele sacode a cabeça, solenemente. O peso e o grão da vida se restabelecem; a sensação de lugar nenhum se evapora. Este momento, agora, no meio do quarteirão, à medida que o carro se aproxima de um farol de pedestres, é inesperadamente amplo, calmo, sereno — Laura entra nele como teria entrado numa igreja, vinda de uma rua barulhenta. Dos dois lados, os gramados estão sendo borrifados de água. O sol tardio doura uma cobertura de alumínio. É tudo impronunciavelmente real. Ela se sabe esposa e mãe, grávida outra vez, voltando para casa, enquanto véus de água são lançados para o alto.

Richie não diz nada. Vigia a mãe, só isso. Laura breca no sinal. Diz: "Ainda bem que o papai trabalha até bem tarde. Vamos estar com tudo pronto a tempo, não acha?".

Ela olha para ele. Encontra os olhos do filho e vê algo ali que não consegue reconhecer. Seus olhos, o rosto inteiro, dão a impressão de estar sendo iluminados de dentro; ele parece, pela primeira vez, estar passando por uma emoção que ela não decifra.

"Querido", diz ela, "o que foi?"

Ele diz, mais alto do que seria necessário: "Mamãe, eu te amo".

Há qualquer coisa estranha em sua voz, algo que provoca arrepios. Um tom que ela nunca ouviu. Um som frenético, estrangeiro. Podia bem ser um refugiado, alguém com um inglês rudimentar, tentando a todo custo transmitir uma necessidade para a qual ainda não aprendeu a frase correta.

"Eu também te amo, querido", ela responde, e, mesmo que já tenha dito essas palavras milhares de vezes, escuta o nervosismo aveludado que se instalou na garganta, o esforço que precisa fazer para soar natural. Acelera no cruzamento. Dirige com cuidado, com as duas mãos precisamente centradas na direção.

Parece que o menino vai começar a chorar de novo, como faz com tanta frequência, de forma tão inexplicável, mas seus olhos continuam brilhantes e secos, sem piscar.

"O que foi?", ela repete.

Ele continua olhando fixo para ela. Nem pisca.

Ele sabe. Só pode ser. O garoto percebeu que ela foi a um lugar ilícito; percebeu que ela está mentindo. Ele a vigia sem cessar, passa quase todas as horas do dia com ela. Ele a viu com Kitty. Ele a viu fazer um segundo bolo e enterrar o primeiro debaixo de outros detritos, no lixo. Ele se dedica inteiramente a observá-la e decifrá-la, porque sem ela não existe mundo nenhum.

Claro que ele sabe quando ela mente.

Laura diz: "Não se preocupe, querido. Está tudo bem. Esta noite vamos fazer uma festa ótima para o aniversário do papai. Já imaginou como ele vai ficar contente? Temos todos aqueles presentes. Fizemos um bolo tão bonito para ele".

Richie sacode a cabeça, de olho arregalado. Balança o corpo suavemente para a frente e para trás. Baixinho, como quem quer e não quer ser escutado, ele diz: "É, fizemos um lindo bolo para ele". A voz sai com uma maturidade que espanta.

Ele vai vigiá-la para sempre. Sempre saberá quando há algo de errado. Sempre saberá exatamente quando e o quanto ela falhou.

"Eu te amo, meu amor", ela diz. "Você é o meu favorito." Por alguns segundos o menino muda de forma. Por alguns segundos ele brilha, branco como cera. Laura continua mantendo afastada a irritação. Lembra-se de sorrir. Conserva as duas mãos na direção.

MRS. DALLOWAY

ELA CHEGA PARA AJUDAR RICHARD a se aprontar para a festa, mas ele não responde às batidas na porta. Bate de novo, mais forte, depois rapidamente, com nervosismo, destranca-a com sua própria chave.

O apartamento está inundado de luz. Da soleira, Clarissa sufoca uma exclamação de espanto. Todas as persianas estão erguidas, todas as janelas estão abertas. Embora no ar não haja nada além da luz que entra em qualquer prédio modesto numa tarde ensolarada, parece, no apartamento de Richard, que houve uma explosão silenciosa. Suas caixas de papelão, sua banheira (mais imunda do que imaginava), o espelho empoeirado e a cafeteira cara, tudo estava patética e nitidamente exposto, em sua pequenez ordinária. É, simplesmente, o apartamento de uma pessoa alucinada.

"Richard!", Clarissa chama.

"Mrs. Dalloway. Ah, Mrs. Dalloway, é você."

Corre até o outro aposento e encontra Richard ainda de roupão, montado no parapeito da janela aberta, uma perna emaciada ainda dentro, a outra, invisível, pendurada no ar cinco andares acima do chão.

"Richard", ela diz, severa. "Desça daí."

"Está tão bonito lá fora. Que dia."

Dá a impressão de estar louco e eufórico, um velho e uma criança ao mesmo tempo, montado num parapeito como um espantalho equestre, uma estátua de Giacometti feita para ser exposta num parque. O cabelo grudou em certos pontos da cabeça, noutros ficou espetado, em ângulos oblíquos. A perna de dentro, nua até o meio da coxa, branco-azulada, é esquelética mas surpreendentemente ainda tem uma bolota sólida de músculo agarrada, teimosa, à barriga da perna.

"Você está me deixando muito assustada", diz Clarissa. "Quero que pare já com isso e venha para dentro. Agora."

Faz um movimento de quem vai avançar e Richard ergue a perna que está dentro da sala até o parapeito. Apenas o calcanhar daquele pé, uma das mãos e uma das nádegas descarnadas continuam em contato com a madeira estropiada. No roupão, foguetes de nariz vermelho emitem cones de fogo alaranjados e perfeitos. Astronautas de capacete na cabeça, rechonchudos e brancos como um boneco da Uniroyal, sem rosto por trás dos visores escuros, oferecem saudações rígidas com suas mãos brancas, enluvadas.

Richard diz: "Eu tomei o Xanax *e* o Ritalin. Juntos eles funcionam que é uma maravilha. Me sinto ótimo. Abri todas as persianas, mas, mesmo assim, descobri que queria mais ar e mais luz. E não me importo de dizer que tive um trabalho danado para chegar até aqui".

"Querido, por favor, ponha as pernas no chão. Você faz isso por mim?"

"Acho que não vou conseguir ir à festa. Desculpe."

"Você não precisa ir. Você não precisa fazer nada."

"Que dia, este. Que dia mais lindo, lindo."

Clarissa respira fundo uma vez, e outra. Está, para sua própria surpresa, muito calma — sente que está agindo direito numa situação difícil —, mas ao mesmo tempo distante de si mesma, da sala, como se testemunhasse alguma coisa já ocorrida. Parece uma lembrança. Algo dentro dela, algo que é como uma voz mas não é uma voz, que é um conhecimento interior indistinguível das batidas de seu coração, diz: *Um dia encontrei Richard sentado no parapeito da janela no quinto andar do prédio.*

"Desça daí. Por favor."

Richard faz uma carranca, contrai o rosto, como se Clarissa lhe tivesse feito uma pergunta difícil. A poltrona desocupada, inteiramente exposta naquela luz diurna — com o enchimento escapando pelas costuras, o tecido ralo da toalha amarela marcado com os círculos de ferrugem do assento —, pode muito bem ser a futilidade, a vulgaridade essencial de uma doença fatal.

"*Desça* daí." Clarissa diz isso devagar e bem alto, como se falasse com um estrangeiro.

Richard acena com a cabeça e não se mexe. O rosto devastado, banhado de luz, é geológico. A carne é sulcada, esburacada, vincada como uma pedra do deserto.

Ele diz: "Acho que não vou conseguir enfrentar isso. Você sabe. A festa, a cerimônia, a hora seguinte e a hora que vem depois".

"Você não precisa ir à festa. Você não precisa ir à cerimônia. Você não precisa fazer nada que não queira."

"Mas ainda restam as horas, certo? Passa uma, depois outra, você atravessa uma, mas aí tem outra. Estou cansado."

"Você ainda tem dias bons. Sabe que sim."

"Na verdade, não. É bondade sua dizer isso, mas venho sentindo, já faz algum tempo, algo se fechando à minha volta, como os maxilares de uma flor carnívora gigante. Não é uma analogia estranha? Mas a impressão é essa. Tem uma certa inevitabilidade vegetal. Pense nas dioneias engolindo suas moscas. Pense no *kudzu* sufocando uma floresta. É uma espécie de progresso suculento, verde, viçoso. Em direção, bom, você sabe. Ao silêncio verde. Não é engraçado que, mesmo agora, ainda ache difícil dizer a palavra *morte*?"

"Elas estão aqui, Richard?"

"Quem? Ah, as vozes? As vozes estão sempre aqui."

"Quer dizer, você está escutando claramente as vozes?"

"Não. Estou ouvindo você. É sempre maravilhoso ouvir você, Mrs. D. Importa-se que eu continue chamando você desse jeito?"

"Nem um pouco. Agora entre. Vamos."

"Lembra-se dela? Seu alter ego? O que foi feito dela?"

"Está aqui. Eu sou ela. Agora preciso que você venha para dentro. Por favor?"

"Está tão bom aqui. Sinto-me tão livre. Você não quer ligar para minha mãe? Ela está sozinha."

"Richard —"

"Então me conte uma história."

"Que tipo de história?"

"Alguma coisa do seu dia a dia. De hoje. Pode ser a coisa mais comum do mundo. Na verdade, seria até melhor. O acontecimento mais comum em que você conseguir pensar."

"Richard —"

"Qualquer coisa. O que quiser."

"Bom, hoje de manhã, antes de vir aqui, fui comprar flores para a festa."

"Foi?"

"Estava um dia lindo."

"Estava?"

"Estava lindo. Estava tão... limpo. Comprei as flores, levei para casa e pus na água. Pronto. Fim da história. Agora venha para dentro."

"Limpo como se nascido para crianças numa praia."

"Pode-se dizer que sim."

"Como o dia em que éramos jovens."

"Sim. Igual."

"Como o dia em que você saiu daquela casa velha, você tinha dezoito e eu, eu tinha acabado de completar dezenove, não é mesmo? Eu tinha dezenove anos, estava apaixonado por Louis e estava apaixonado por você, e pensei que nunca na vida tinha visto nada tão belo quanto você, saindo por uma porta de vidro, de manhã bem cedinho, ainda meio dormindo, de roupa de baixo. Não é estranho?"

"Sim. É estranho."

"Eu fracassei."

"Pare de dizer isso. Você não fracassou."

"Fracassei, sim. Mas não estou buscando compaixão nem empatia. Só estou triste. O que eu queria fazer parecia tão simples. Eu queria criar alguma coisa suficientemente viva e chocante para poder existir ao lado de uma manhã na vida de alguém. A mais comum das manhãs. Imagine, tentar uma coisa dessas. Que tolice."

"Não é nem um pouco tolice."

"Receio que eu não possa ir à festa."

167

"Por favor, eu lhe peço, não se preocupe com a festa. Nem pense na festa. Me dê sua mão."

"Você tem sido tão boa para mim, Mrs. Dalloway."

"Richard —"

"Eu amo você. Isso lhe soa banal?"

"Não."

Richard sorri. Sacode a cabeça. Diz: "Acho que ninguém pode ter sido mais feliz do que nós fomos".

Inclina-se um pouco, escorrega delicadamente do parapeito e cai.

Clarissa grita: "Não —".

Ele parece tão seguro, tão sereno, que por um instante Clarissa imagina que não tenha acontecido nada. Chega à janela a tempo de ver Richard ainda no ar, o roupão esvoaçando, e ainda nesse momento parece que talvez não passe de um acidente pequeno, algo passível de reparação. Ela vê quando ele atinge o chão, cinco andares abaixo, vê quando ele se ajoelha no concreto, vê quando a cabeça bate, ouve o som que ela faz e, ainda assim, acredita, pelo menos por mais um instante, debruçada no parapeito, que ele vai se levantar outra vez, meio zonzo, quem sabe, sem fôlego, mas ainda ele mesmo, ainda inteiro, ainda capaz de falar.

Ela chama seu nome, uma vez. O som sai em forma de pergunta, bem mais baixo do que pretendia. Ele jaz onde caiu, de cara para o chão, o roupão atirado sobre a cabeça, as pernas nuas expostas, brancas contra o concreto escuro.

Ela sai correndo do quarto, atravessa a porta, que deixa aberta. Desce correndo as escadas. Pensa em pedir ajuda, mas não pede. O próprio ar parece ter mudado, ter se separado um pouco; como se a atmosfera fosse feita, de modo palpável, de substância e de seu oposto. Desce correndo as escadas e está consciente (sentirá vergonha disso, depois) de si como uma mulher correndo pela escada abaixo, inteira, ainda viva.

No saguão, por um momento fica confusa sobre como entrar no pátio onde está Richard e sente, por alguns instantes, que chegou ao inferno. O inferno é um caixote amarelo, um aposento com atmosfera viciada, sem porta de saída, sombreado por uma árvore artificial, forrado de portas de metal escalavradas (uma delas ostenta um adesivo do Grateful Dead, um crânio coroado de rosas).

Uma porta sob o vão da escada, mais estreita que as outras, dá para fora, e descendo-se alguns degraus de cimento quebrado chega-se até o lugar onde Richard está. Sabe, antes mesmo de descer esses últimos degraus, que ele está morto. A cabeça continua escondida entre as dobras do roupão, mas Clarissa vê a poça de sangue, escuro, quase negro, que se formou onde deve estar a cabeça. Vê a quietude completa do corpo, um braço esticado num ângulo esquisito, a palma da mão para cima, e as duas pernas brancas e nuas como a própria morte. Ainda usa os chinelos cinza de feltro que comprou para ele.

Clarissa desce essa última escada, vê que Richard está deitado entre cacos de vidro e leva alguns momentos para perceber que são, simplesmente, os restos de uma garrafa de cerveja quebrada que já estavam no concreto, e não alguma consequência da queda de Richard. Ocorre-lhe que deve tirá-lo logo dali, para que não fique em cima dos estilhaços.

Ajoelha-se a seu lado, põe a mão no ombro inerte. Docemente, muito docemente, como se temesse acordá-lo, tira o roupão de cima da cabeça. Tudo o que consegue discernir na massa cintilante de vermelho, roxo e branco são os lábios descerrados e um olho aberto. Percebe que soltou algum som, uma exclamação aguda de surpresa e dor. Cobre de novo a cabeça com o roupão.

Continua ajoelhada a seu lado, incerta quanto ao que fazer em seguida. Põe de novo a mão no ombro dele. Não acaricia o ombro; simplesmente deixa que a mão repouse ali. Diz a si mesma que devia chamar a polícia, mas não quer deixar Richard sozinho. Espera que alguém venha até ela. Olha para cima, para a fila ascendente de janelas, roupas penduradas no varal, e para o quadrado perfeito de céu recortado por uma lâmina muito fina e azulada de nuvem; começa a compreender que ninguém sabe, ainda. Ninguém viu Richard cair.

Ela não se mexe. Encontra a janela da velha, com suas três estatuetas de cerâmica (invisíveis, assim, lá de baixo). A velha deve estar em casa, ela quase nunca sai. Clarissa sente ímpetos de gritar para ela, como se a mulher fosse algum membro da família; como se devesse ser informada. Clarissa adia, pelo menos por mais um minuto ou dois, o próximo passo, inevitável. Fica com Richard, tocando em seu ombro. Sente-se (e espanta-se consigo mesma) um tanto constrangida pelo que aconteceu. Pergunta-se por que não chora. Está consciente do som de sua própria respiração. Está consciente dos chinelos ainda nos pés de Richard, do céu refletido na poça cada vez maior de sangue.

Então é aqui que termina, numa enxerga de concreto, debaixo de um varal de roupas, entre cacos de vidro. Ela corre a mão, suavemente, pela curva frágil de suas costas. Com um sentimento de culpa, como se estivesse fazendo algo proibido, debruça-se e descansa a testa na espinha de Richard, enquanto ela ainda é, de certa forma, dele; enquanto ele ainda é, de certa forma, Richard Worthington Brown. Sente o cheiro rançoso do roupão de flanela, a acidez avinhada do corpo sem banho. Gostaria de falar com Richard, mas não consegue. Simplesmente descansa a cabeça, de leve, nas costas dele. Se conseguisse falar, diria alguma coisa — não sabe o quê, exatamente — sobre a coragem que ele teve para criar e, talvez mais importante, sobre a coragem que teve para amar de modo singular, durante décadas, contra toda a razão. Contaria a ele que ela, Clarissa, o amou também, que o amou muito, mas que o deixou numa esquina, havia mais de trinta anos (e, de fato, o que mais poderia ter feito?). Confessaria seu desejo de uma vida relativamente comum (nem mais nem menos do que a maioria das pessoas deseja) e o quanto queria que ele fosse à festa dela e exibisse sua devoção na frente de seus convidados. Pediria seu perdão por ter evitado, naquele que seria seu último dia de vida, beijá-lo na boca e por ter dito a si mesma que o fazia por causa de sua saúde.

MRS. BROWN

AS VELAS SÃO ACESAS. O parabéns é cantado. Dan, ao soprar as velinhas, salpica algumas gotas minúsculas de saliva sobre a superfície uniforme do glacê. Laura aplaude e, depois de uns instantes, Richie também bate palmas.

"Feliz aniversário, querido", diz ela.

Uma onda de fúria levanta-se sem aviso e fecha-lhe a garganta. Ele é grosseiro, mal-educado, burro; espirrou saliva no bolo. Ela própria está presa aqui para sempre, posando de esposa. Terá de atravessar esta noite, depois a manhã, aí mais uma noite, nestes aposentos, sem ter outro lugar aonde ir. Ela tem de agradar; ela tem de continuar.

Talvez seja como andar num campo coberto de neve brilhante. Quem sabe possa ser horrível e magnífico. *Achávamos que suas mágoas eram mágoas comuns; não tínhamos ideia.*

A raiva passa. Está tudo bem, diz para si mesma. Está tudo bem. Controle-se, pelo amor de Deus.

Dan passa o braço em volta de seus quadris. Laura sente sua solidez carnuda e perfumada. Sente remorso. Tem consciência, mais do que nunca, da bondade dele.

Ele diz: "Isto é demais. É perfeito".

Ela passa a mão em sua cabeça. O cabelo, um tanto grosso, feito a pelagem de uma lontra, é assentado com Vitalis. O rosto, já com a barba apontando, tem um brilho suado, e o cabelo bem cuidado relaxou o suficiente para permitir que uma única mecha oleosa, mais ou menos da largura de uma folha de capim, se pendure na testa, até quase acima das sobrancelhas. Ele tirou a gravata, abriu o colarinho da camisa; exala uma mistura complexa feita de suor, Old Spice, couro de sapato e o cheiro inefável, profundamente familiar, de sua carne — um cheiro que possui elementos de ferro, elementos de água sanitária e uma sugestão remotíssima de fritura, como se lá nas profundezas dele alguma coisa úmida e gordurosa estivesse frigindo.

Laura diz a Richie: "Você também fez um pedido?".

Ele acena que sim, embora a possibilidade não lhe tivesse ocorrido. Parece-lhe que está sempre fazendo um pedido, a todo momento, e que seus pedidos, assim como os do pai, têm a ver sobretudo com continuidade. Assim como o pai, o que ele quer mesmo, de verdade, é mais daquilo que já tem (embora, é claro, se lhe perguntarem sobre a natureza dos pedidos, começará na hora a desfiar uma longa lista de brinquedos, tanto reais como imaginários). Assim como o pai, Richie pressente que mais do que já tem é justamente o que talvez não consiga obter.

"Quer me ajudar a cortar o bolo?", o pai lhe pergunta.

"Quero", Richie responde.

Laura traz os pratos de sobremesa e os garfos da cozinha. Aqui está ela, nesta modesta sala de jantar, em segurança, com o marido e o filho, enquanto Kitty espera num quarto de hospital para saber o que os médicos encontraram. Aqui estão eles, esta família, neste lugar. Pela rua inteira, por uma infinidade de ruas, janelas brilham. Uma infinidade de jantares que estão sendo servidos; vitórias e reveses de uma infinidade de dias estão sendo narrados.

Quando Laura põe os pratos e os garfos sobre a mesa — quando eles tilintam de leve sobre a toalha branca e engomada —, parece-lhe, de repente, que acabou conseguindo, bem no último minuto, como um pintor que dá um toque derradeiro de cor numa tela, salvando-a da incoerência; como um escritor que estabelece a linha que ilumina as simetrias e os desenhos submersos no drama. Tem a ver, de algum modo, com colocar pratos e garfos sobre uma toalha branca. É tão inconfundível quanto inesperado.

Dan deixa que Richie tire as velas apagadas antes de guiar as mãos do filho para fatiar o bolo. Laura observa. A sala de jantar parece, neste momento, a mais perfeita sala de jantar que se possa imaginar, com suas paredes verde-musgo e sua arca de madeira de bordo escura, sobre a qual descansam as pratas do casamento. A sala parece quase cheia demais: cheia com as vidas do marido e do filho; cheia de futuro. Ela tem importância; ela brilha. Boa parte do inundo, países inteiros foram dizimados, mas uma força que se parece, sem nenhuma ambiguidade, com bondade prevaleceu; até Kitty, ao que parece, será curada pela ciência médica. Ela será curada. E se não for, se tiver ultrapassado a possibilidade de ajuda, Dan, Laura, o filho e a promessa de uma segunda criança continuarão aqui, nesta sala, onde o menino franze o cenho, concentrado na tarefa de tirar as velas, e onde o pai leva uma delas até sua boca e o incentiva a lamber o glacê.

Laura lê o momento enquanto ele passa. Eis aqui, pensa ela; lá se vai. A página está prestes a ser virada.

Ela sorri para o filho, serena, de longe. Ele devolve o sorriso. Lambe a ponta de uma vela. Faz mais um pedido.

MRS. WOOLF

VIRGINIA TENTA SE CONCENTRAR NO LIVRO que tem no colo. Em breve Leonard e ela terão deixado Hogarth House e estarão de volta a Londres. Já está decidido. Ela venceu. Faz um esforço para se concentrar. Os restos do assado já foram retirados, a mesa está limpa, os pratos, lavados.

Frequentará os teatros e as salas de concerto. Irá a festas. Percorrerá as ruas, verá tudo, absorverá mil histórias.

... *vida, Londres*...

Não se cansará de escrever. Terminará o livro, escreverá um outro. Continuará sã e viverá como estava destinada a viver, completamente, intensamente, entre seus pares, em plena posse e comando de seus dons.

De repente, pensa no beijo de Vanessa.

O beijo foi inocente — muito inocente —, mas veio também carregado de algo não muito diverso daquilo que Virginia quer de Londres, da vida; veio repleto de um amor complexo e voraz, antigo, nem isso nem aquilo. O beijo servirá como a manifestação vespertina do próprio mistério central, do brilho fugidio que cintila nas beiradas de certos sonhos; daquela luminosidade que, quando acordamos, já começou a se esfumar na mente e que, ao levantarmos, temos a esperança de encontrar, quem sabe, nesse novo dia em que tudo pode acontecer, qualquer coisa. Ela, Virginia, beijou sua irmã, não tão inocentemente, por trás das costas largas e enfezadas de Nelly, e agora está numa sala, com um livro no colo. Ela é uma mulher que vai se mudar para Londres.

Clarissa Dalloway terá amado uma mulher, sim; uma outra mulher, quando era jovem. Ela e a mulher terão trocado um beijo, um único beijo, como os beijos encantados dos contos de fada, e Clarissa levará a lembrança desse beijo, a esperança sublime dele, pela vida afora. Jamais encontrará um amor como o que aquele beijo solitário parecia oferecer.

Perturbada, Virginia levanta-se da cadeira e põe o livro sobre a mesa. Leonard pergunta de sua poltrona: "Vai se deitar?".

"Não. Ainda é cedo, não é?"

Ele franze o cenho e olha as horas. "São quase dez e meia."

"Estou inquieta. Ainda não me sinto cansada."

"Eu gostaria que você estivesse na cama às onze."

Ela concorda com um gesto de cabeça. Continuará se comportando bem, agora que a ida para Londres está decidida. Deixa a sala, cruza o vestíbulo e entra na sala de jantar às escuras. Retângulos compridos de luar, misturados à iluminação da rua, caem da janela sobre o tampo da mesa, são varridos por galhos que balançam com o vento, reaparecem e são de novo varridos. Virginia para na porta, observando os desenhos cambiantes como observaria ondas quebrando numa praia. Sim, Clarissa terá amado uma mulher. Clarissa terá beijado uma mulher, uma única vez. Clarissa sofrerá perdas, sentir-se-á profundamente solitária, mas não morrerá. Estará apaixonada demais pela vida, por Londres. Virginia imagina um outro, sim, alguém de corpo rijo, mas de mente frágil; alguém com um toque de gênio, de poesia, moído sob as engrenagens do mundo, da guerra, do governo, dos médicos; alguém que é, tecnicamente falando, insano, porque vê significado em tudo, sabe que as árvores são seres conscientes e que os pardais cantam em grego. Sim, alguém que seja assim. Clarissa, essa mulher sã — essa mulher exultante, comum —, continuará vivendo, amando Londres, amando sua vida de prazeres comuns, e uma outra pessoa, um poeta perturbado, um visionário, é que vai morrer.

MRS. BROWN

Ela termina de escovar os dentes. Os pratos estão lavados e guardados, Richie está deitado, o marido a espera. Enxágua a escova sob a torneira, enxágua a boca, cospe na pia. O marido estará no seu lado da cama, olhando para o teto com as mãos entrelaçadas na nuca. Quando entrar no quarto, olhará para ela como se estivesse surpreso e contente de vê-la ali, sua mulher, quem diria, prestes a tirar o roupão, colocá-lo sobre a cadeira e entrar na cama a seu lado. Esse é seu jeito — surpreso como um garoto; uma satisfação suave, meio envergonhada; uma inocência profunda e aturdida, com sexo enrodilhado no meio, como uma mola. Às vezes não consegue evitar de pensar naquelas latas de amendoim, vendidas em lojas de novidades, aquelas com as cobras de papel dentro, esperando para saltar quando a tampa for aberta. Hoje não vai dar para ler.

Ela põe a escova de volta no porta-escovas de porcelana.

Quando olha para o espelho do armário do banheiro, imagina, por alguns instantes, que tem alguém parado atrás dela. Não tem ninguém, claro; é apenas um efeito da luz. Durante um segundo, não mais que isso, imaginou algum tipo de eu fantasma, uma segunda versão de si mesma parada logo atrás, vigiando. Não é nada. Abre o armário, guarda a pasta de dente. Sobre as prateleiras de vidro, as várias loções e atomizadores, as pomadas, os remédios. O tubo de plástico, com suas pílulas para dormir. Esse tubo, o mais recente, está quase cheio — não pode usá-las, claro, enquanto estiver grávida.

Pega o tubo da prateleira e o põe contra a luz. Há no mínimo trinta pílulas lá dentro, talvez mais. Ela o devolve ao armário.

Seria tão simples quanto entrar num quarto de hotel. Tão simples quanto. Pense como poderia ser maravilhoso não importar mais. Pense como poderia ser maravilhoso não ter de se preocupar mais, nem lutar, ou fracassar.

E se aquele momento no jantar — aquele equilíbrio, aquela perfeição minúscula — fosse o bastante? E se você decidisse não querer mais do que isso?

Fecha a porta do armário do banheiro, que se une à esquadria com um sólido e competente clique metálico. Pensa em tudo o que há dentro do armário, sobre as prateleiras, envolto pela escuridão. Vai para o quarto, onde o marido a espera. Tira o roupão.

"Oi", ele diz, confiante, terno, de seu lado da cama.

"Gostou do aniversário?"

"O melhor." Ele puxa o lençol para ela, que hesita, parada ao lado da cama, vestida com a camisola azul transparente. Parece que não consegue sentir o corpo, embora saiba que está ali.

"Que bom", diz ela. "Fico feliz que tenha se divertido."

"Você vem?"

"Vou", ela responde, sem se mexer. Nesse momento, poderia muito bem não ser nada além de uma inteligência flutuante; nem mesmo um cérebro dentro de um crânio, apenas uma presença que percebe, como um fantasma. Sim, pensa ela, provavelmente deve ser assim que um fantasma se sente. É meio como ler, não é? — aquela mesma sensação de conhecer as pessoas, os lugares, as situações, sem desempenhar nenhum papel especial além daquele de observador voluntário.

"Então", Dan diz, depois de um tempo. "Você não vem para a cama?"

"Vou."

À distância, ela escuta um cachorro latindo.

MRS. DALLOWAY

CLARISSA PÕE A MÃO NO OMBRO DA VELHA senhora, como se a estivesse preparando para um novo choque. Sally, que tomou a dianteira no hall de entrada, abre a porta.

"Cá estamos", diz Clarissa.

"Sim", Laura responde.

Quando entram no apartamento, Clarissa sente um alívio ao ver que Julia guardou todos os salgadinhos. As flores, claro, continuam ali — vistosas e inocentes, explodindo dos vasos ao acaso, numa profusão generosa, pois Clarissa não gosta de arranjos. Prefere que as flores pareçam braçadas tiradas direto da terra.

Ao lado de um vaso cheio de rosas, Julia dorme sentada no sofá, com um livro aberto no colo. No sono, tem um aspecto digno, até mesmo autoritário, honesto, os ombros relaxados e os dois pés no chão, a cabeça discretamente inclinada para a frente, como se rezasse. Nesse momento, podia ser uma deusa menor, descida para acudir a ansiedade dos mortais; descida para se sentar, com uma segurança grave, amorosa, e de seu transe sussurrar, àqueles que entram: Está tudo bem, não tenham medo, tudo o que têm a fazer é morrer.

"Já chegamos", Sally diz.

Julia acorda, pestaneja e se levanta. O momento mágico se rompe; Julia é de novo uma moça. Sally entra na sala, tirando o blazer enquanto anda, e cria-se uma impressão muito rápida, Clarissa e a velha senhora paradas timidamente num vestíbulo, recuadas, descalçando com todo o cuidado as luvas, embora não haja vestíbulo e não estejam usando luvas.

Clarissa diz: "Julia, esta é Laura Brown".

Julia avança uns passos e para, a uma distância respeitosa de Laura e Clarissa. De onde foi que lhe veio essa pose, essa presença, Clarissa se indaga. Ainda é uma menina.

"Eu sinto muito", diz Julia.

Laura diz: "Obrigada", com uma voz mais clara e firme do que Clarissa esperava.

Laura é uma mulher alta, ligeiramente encurvada, de oitenta anos ou mais. Tem cabelos grisalhos e brilhantes, que lembram o aço; a pele é translúcida, da cor de um pergaminho, toda pontilhada de sardas, minúsculas. Usa um vestido escuro, com estampa florida, e sapatos de velha, macios, com solado de crepe.

Clarissa lhe faz um sinal para que entre na sala. Há um silêncio. De dentro do silêncio surge a sensação de que Clarissa, Sally e até mesmo Laura chegaram nervosas, melindrosas, sem conhecer ninguém, com a roupa errada, a uma festa oferecida por Julia.

"Obrigada por ter tirado as coisas, Julia", Sally diz.

"Consegui falar com quase todo mundo da lista. Algumas pessoas apareceram. Louis Waters."

"Deus meu. Ele não recebeu meu recado."

"E vieram também duas mulheres. Não me lembro do nome. E um outro homem, um negro, Gerry alguma coisa."

"Gerry Jarman", Clarissa fala. "Foi muito difícil?"

"Com Gerry Jarman não. Mas Louis, bom, ele meio que desmoronou. Ficou quase uma hora. Tive uma longa conversa com ele. Ele me pareceu melhor na hora de ir embora. Quer dizer, melhor em termos."

"Me desculpe, Julia. No fim, você teve que lidar com isso tudo."

"Sem problemas. Por favor, não se preocupe comigo."

Clarissa inclina a cabeça. Diz a Laura: "A senhora deve estar exausta".

"Não tenho bem certeza do que estou sentindo."

"Por favor, sente-se. Acha que consegue comer alguma coisa?"

"Não, não creio. Obrigada."

Clarissa leva Laura até o sofá. Ela senta, agradecida mas cuidadosa, como se, apesar do extremo cansaço, não confiasse de todo no móvel.

Julia chega mais perto, para diante de Laura e inclina-se até bem perto do ouvido dela.

"Vou fazer um chá. E tem café também. Ou conhaque."

"Uma xícara de chá está ótimo. Obrigada."

"A senhora *deveria* comer alguma coisa também", Julia fala. "Aposto que não comeu nada desde que saiu de casa, não é mesmo?"

"Bom —"

Julia diz: "Vou tirar algumas coisas para fora e deixar na cozinha".

"É muita gentileza sua, querida", diz Laura.

Julia olha para Clarissa. "Mamãe, você fica aqui com a senhora Brown. Sally e eu vamos ver o que podemos fazer."

"Está bem", diz Clarissa, sentando-se ao lado de Laura no sofá. Simplesmente faz o que a filha lhe diz para fazer e encontra um surpreendente alívio nisso. Quem sabe, pensa ela, esse seja um começo possível do fim: os serviços de uma filha crescida, os confortos de um quarto. Eis aqui, então, a idade. Os pequenos consolos, a lâmpada e o livro. O mundo, cada vez mais controlado por pessoas que não são você; que se sairão muito bem, ou muito mal; que não olham para você quando você passa na rua.

Sally diz a Clarissa: "Acha que seria muito mórbido se a gente comesse as coisas da festa? Está tudo aqui, ainda".

"Acho que não", diz Clarissa. "Acho que Richard teria até gostado disso."

Ela olha nervosa para Laura. Laura sorri, cruza os braços, parece ver algo na ponta dos sapatos.

"É", diz Laura. "Acho que teria gostado, de fato."

"Então está bem", fala Sally. Ela e Julia vão para a cozinha.

Segundo o relógio, é meia-noite e dez. Laura está sentada. Mantém uma reserva um tanto formal, os lábios firmemente fechados, olhos semicerrados. Ela está, pensa Clarissa, só esperando terminar essa hora. Está esperando até poder entrar no quarto, ficar sozinha.

Clarissa diz: "Pode ir direto para a cama, se preferir, Laura. O quarto de hóspedes fica no fim do corredor".

Instala-se um outro silêncio, um silêncio que não é nem

íntimo nem especialmente desconfortável. Aqui está ela, então, pensa Clarissa; a mulher da poesia de Richard. A mãe perdida, a suicida frustrada; a mulher que foi embora. É ao mesmo tempo um choque e um alívio que uma tal pessoa possa, na verdade, ser uma velha senhora de aspecto comum, sentada num sofá, com as mãos no colo.

Clarissa diz: "Richard era um homem maravilhoso".

Arrepende-se na hora. Tão pouco tempo e já começaram os pequenos panegíricos; tão pouco tempo e alguém que morreu já está sendo reavaliado como cidadão respeitável, autor de boas ações, um homem maravilhoso. Por que foi dizer uma coisa dessas? Para consolar uma velha senhora, na verdade, e para se fazer querida. E também, é certo, para reivindicar seus direitos sobre o corpo: *Eu o conhecia na intimidade, serei eu a primeira a avaliar o seu caráter.* Ela gostaria, agora, de poder mandar Laura Brown ir para o quarto, fazê-la fechar a porta e ficar lá até de manhã.

"Verdade", Laura diz. "E era também um escritor maravilhoso, não era?"

"Leu seus poemas?"

"Li. E o romance."

Então ela sabe. Sabe tudo sobre Clarissa e sabe também que ela, Laura Brown, é o fantasma e a deusa no pequeno conjunto de mitos privados que se tornaram públicos (se é que *público* não é um termo grandioso demais para o modesto bando de teimosos leitores de poesia que ainda resta). Sabe que foi adorada e desprezada; sabe que obcecou um homem que poderia ter sido, quem sabe, um artista significativo. Sentada aqui, sardenta num vestido florido. Dizendo, com toda a calma, que o filho era um escritor maravilhoso.

"Era", Clarissa diz, sem ter outra escolha. "Ele era um escritor maravilhoso." O que mais poderia dizer?

"Nunca foi editora dele, não é mesmo?"

"Não. Nós éramos muito próximos. Teria sido complicado."

"Claro. Compreendo."

"O editor precisa de uma certa objetividade."

"Claro que precisa."

Clarissa sente como se estivesse sufocando. Como é que pode ser tão difícil? Por que será que é tão impossível falar abertamente com Laura Brown, fazer-lhe as perguntas importantes? Quais *são* as perguntas importantes?

Clarissa diz: "Eu tomei conta dele da melhor forma que pude".

Laura acena que sim com a cabeça. Diz: "Gostaria de ter podido fazer mais".

"Eu também."

Laura estende o braço e pega a mão de Clarissa. Sob a pele macia e solta da mão de Laura, sente de maneira palpável as ondulações e protuberâncias dos ossos, o cordão das veias.

Laura diz: "Nós fizemos o melhor que podíamos, querida. É tudo o que uma pessoa pode fazer, não é mesmo?".

"É", fala Clarissa.

Quer dizer então que Laura Brown, a mulher que tentou e não conseguiu morrer, a mulher que fugiu da família, está viva quando todos os outros, todos aqueles que lutaram para sobreviver em sua esteira, se foram. Está viva agora, depois de o ex-marido ter sido levado por um câncer no fígado, depois de a filha ter sido morta por um motorista bêbado. Está viva depois de Richard ter pulado de uma janela para um canteiro de cacos de vidro.

Clarissa segura a mão da velha senhora. O que mais pode fazer?

Clarissa diz: "Será que Julia se lembrou do seu chá?".

"Tenho certeza que sim."

Clarissa dá uma olhada para as portas de vidro que levam ao modesto jardim. Ela e Laura estão refletidas, de modo imperfeito, no vidro negro. Clarissa pensa em Richard no parapeito da janela; Richard se soltando; na verdade ele não pulou, foi mais como se escorregasse de uma pedra para a água. Como terá sido, o momento em que concretizou o ato, o momento em que estava fora do apartamento escuro e solto no ar? Como terá sido ver o pátio lá embaixo, com suas latas de lixo azuis e marrons, seus cacos de vidro cor de âmbar, chegando cada vez mais perto? Terá havido — será possível que tenha havido — um certo prazer de esborrachar-se no concreto e sentir (será que por um momento sentiu?) o crânio se abrindo, todos seus impulsos, suas pequenas luzes espalhando-se? Não pode ter havido muita dor, pensa Clarissa. Terá havido a ideia da dor, seu primeiro choque, e depois — seja lá o que vem depois.

"Vou até lá ver", ela diz a Laura. "Volto já."

"Certo."

Clarissa se levanta, um tanto instável, e vai até a cozinha. Sally e Julia tiraram a comida da geladeira e puseram sobre os balcões. Há espirais de peito de frango grelhado, tostado e salpicado aqui e ali de um amarelo brilhante, enfiado em espetinhos de madeira dispostos em volta de uma tigela de molho de amendoim. Há minitortas de cebola. Há camarão no vapor e quadrados luzidios e vermelhos de atum cru, com uma pitada de raiz-forte. Há triângulos escuros de berinjela grelhada, sanduichinhos redondos de pão preto e folhas de endívia temperadas na ponta com um pouco de queijo de cabra e nozes picadas. Há tigelas com verduras cruas. E lá está, em sua travessa de barro, a caçarola de caranguejo que Clarissa fez para Richard, porque era seu prato preferido.

"Deus meu", diz Clarissa. "Olha só para isso tudo."

"Nós estávamos esperando cinquenta pessoas", diz Sally.

Elas ficam paradas ali, as três, diante dos pratos cheios de comida. A comida parece incorrupta, intocável; podia ser uma exposição de relíquias. Clarissa tem a impressão passageira de que a comida — essa entidade das mais perecíveis — continuará ali depois que ela e os outros tiverem desaparecido; depois que todas elas, mesmo Julia, tiverem morrido. Clarissa imagina a comida ainda ali, ainda fresca, intocada, enquanto ela e as outras deixam seus aposentos, uma a uma, para sempre.

Sally toma a cabeça de Clarissa entre as mãos. Beija a testa de Clarissa, com firmeza e competência, de uma forma que faz Clarissa pensar num selo sendo colado numa carta.

"Vamos todos comer e ir deitar", ela diz, suave, perto da orelha de Clarissa. "Já está na hora deste dia acabar."

Clarissa segura o ombro de Sally. Ela devia dizer: "Eu te amo", mas é claro que Sally sabe. Sally retribui pressionando a parte de cima do braço de Clarissa.

"É. Está sim."

Parece, naquele momento, que Richard começa de fato a deixar o mundo. Para Clarissa, é uma sensação quase física, um puxão delicado mas irreversível, como uma folha de capim sendo arrancada do chão. Logo mais Clarissa estará dormindo, logo mais todos que o conheciam estarão dormindo, para acordar no dia seguinte sabendo que não foram para o reino dos mortos. Indaga-se se por acaso a manhã marcará não apenas o fim da vida terrena de Richard, mas também o começo do fim de sua poesia. Afinal existem tantos livros. Alguns, um punhado deles, são bons e, desse punhado, apenas uns poucos sobrevivem. É possível que os cidadãos do futuro, pessoas que ainda estão por nascer, tenham vontade de ler as elegias de Richard, os lamentos de cadência tão bela, suas oferendas de amor e fúria tão rigorosamente desprovidas de sentimentalismo, mas é bem mais provável que seus livros desapareçam, junto com quase tudo o mais. Clarissa, a personagem do romance, desaparecerá, assim como Laura Brown, a mãe perdida, mártir e vilã.

Sim, pensa Clarissa, está na hora deste dia acabar. Nós damos nossas festas; abandonamos nossas famílias para viver no Canadá; nós nos digladiamos para escrever livros que não mudam o mundo, a despeito de nossos dons e de nossos imensos esforços, nossas esperanças mais extravagantes. Vivemos nossas vidas, fazemos nossas coisas, depois dormimos — é simples assim, comum assim. Alguns se atiram da janela, outros se afogam, tomam pílulas; muitos mais morrem em algum acidente; e a maioria de nós, a grande maioria, é devorada por alguma doença ou, quando temos muita sorte, pelo próprio tempo. Existe apenas isto como consolo: uma hora, em um momento ou outro, quando, apesar dos pesares todos, a vida parece explodir e nos dar tudo o que havíamos imaginado, ainda que qualquer um, exceto as crianças (e talvez até elas), saiba que a essa seguir-se-ão inevitavelmente muitas outras horas, bem mais penosas e difíceis. Mesmo assim, gostamos da cidade, da manhã, e torcemos, como não fazemos por nenhuma outra coisa, para que haja mais.

Só Deus sabe por que a amamos tanto.

Aqui está, portanto, a mesa, ainda posta; as flores, ainda frescas; tudo preparado para os convidados, que acabaram sendo apenas quatro. Perdoe-nos, Richard. Porque, afinal, é uma festa. Uma festa para os que ainda não estão mortos; para os relativamente inteiros; para aqueles que, por motivos misteriosos, têm a sorte de estarem vivos.

E é, na verdade, uma sorte imensa.

Julia diz: "Acha que devo fazer um prato para a mãe de Richard?".

"Não", diz Clarissa. "Vou trazê-la para cá."

Volta até a sala, onde está Laura Brown. Laura sorri palidamente para Clarissa — quem há de saber o que ela pensa ou sente? Ela, a mulher de iras e dores, a mulher patética, de charme deslumbrante; apaixonada pela morte; vítima e torturadora que assombrou toda a obra de Richard. Ela está bem aqui nesta sala, a amada; a traidora. Uma senhora idosa, bibliotecária aposentada de Toronto, usando sapatos de velha.

E eis aqui a própria Clarissa, não mais Mrs. Dalloway; não há mais ninguém para chamá-la assim. Aqui está ela, com mais uma hora pela frente.

"Venha, Laura", ela diz. "Está tudo pronto."

AGRADECIMENTOS

Na revisão deste livro, recebi a ajuda inestimável de Jill Ciment, Judy Clain, Joel Conarroe, Stacey D'Erasmo, Bonnie Friedman, Marie Howe e Adam Moss. Contei também com a generosidade de Dennis Dermody, Paul Elie, Carmen Gomezplata, Bill Hamilton, Ladd Spiegel, John Waters e Wendy Welker, que me ofereceram suas pesquisas, conselhos técnicos e outras formas de colaboração. Minha agente, Gail Hochman, e meu editor, Jonathan Galassi, são santos seculares. Tracy O'Dwyer e Patrick Giles talvez não se deem conta de sua contribuição, do quanto me inspiraram com a intensidade de suas leituras, marcadas pelo discernimento e pela volúpia. Meus pais e minha irmã são também ótimos leitores, embora isso nem de longe faça justiça ao apoio que deles recebi. Dorna Lee e Cristina Thorson foram essenciais, e de tantas formas que seria impossível enumerá-las aqui.

A Livraria Three Lives and Company, de Jill Dunbar e Jenny Feder, é um santuário e, para mim, o centro do universo civilizado. Já há algum tempo se tornou o lugar aonde vou sempre que preciso me lembrar por que ainda vale a pena escrever um romance.

Fui agraciado com um estágio na Fundação Engelhard e com uma bolsa da Fundação Mrs. Giles Whiting, e a importância desses auxílios foi considerável.

Sou profundamente grato a todos.

NOTA SOBRE AS FONTES

Ainda que Virginia Woolf, Leonard Woolf, Vanessa Bell, Nelly Boxall e outras pessoas da vida real apareçam neste livro como personagens de ficção, procurei reconstituir, de maneira a mais fiel possível, os aspectos exteriores de suas vidas em um dia que inventei para eles, em 1923. Baseei-me, para obter as informações, em uma série de fontes, sobretudo em duas biografias magnificamente equilibradas e perspicazes: *Virginia Woolf: A Biography*, de Quentin Bell, e *Virginia Woolf*, de Hermione Lee. Foram também essenciais os seguintes livros: *Virginia Woolf: The Impact of Childhood Sexual Abuse On Her Life and Work*, de Louise de Salvo; *Virginia Woolf*, de James King; *Selected Letters of Vanessa Bell*, editado por Regina Marler; *Woman of Letters: A Life of Virginia Woolf*, de Phyllis Rose; *A Marriage of True Minds: An Intimate Portrait of Leonard and Virginia Woolf*, de George Spater e Ian Parsons; e *Beginning Again: An Autobiography of the Years 1911 to 1918* e *Downhill All the Way: An Autobiography of the Years 1919 to 1939*, de Leonard Woolf. Um capítulo sobre *Mrs. Dalloway* do livro de Joseph Boone, intitulado *Libidinal Currents: Sexuality and the Shaping of Modernism*, foi revelador, assim como um artigo de Janet Malcolm, "A House of One's Own", publicado na *The New Yorker*, em 1995. Também aprendi um bocado com as introduções a várias edições de *Mrs. Dalloway*: a de Maureen Howard, na edição da Harcourt Brace & Co., a de Elaine Showalter, na da Penguin, e a de Claire Tomalin, na edição da Oxford. Agradeço também a Anne Olivier Bell, por ter coligido e editado os diários de Virginia Woolf, a Andrew NcNeillie, por tê-la ajudado, e a Nigel Nicolson e Joanne Trautmann, por coligirem e editarem as cartas de Virginia Woolf. Quando visitei Monks House, em Rodmell,* Joan Jones foi simpática e informativa. A todas essas pessoas, apresento o meu muito obrigado.

---

* Virginia estava morando em Monks House, na aldeia de Rodmell, quando se suicidou, afogando-se no rio Ouse. (N. T.)

MICHAEL CUNNINGHAM nasceu na Califórnia, estudou na Universidade de Stanford e mora hoje em Nova York. Dele, a Companhia da Letras publicou *Uma casa no fim do mundo*, *Laços de sangue* e *Ao anoitecer*. Além do Pulitzer, *As horas* ganhou também o PEN/Faulkner Award e foi um dos indicados para o National Book Critics Circle Award.

1ª edição Companhia das Letras [1999] 3 reimpressões
1ª edição Companhia de Bolso [2022]

Esta obra foi composta pela Verba Editorial
em Janson Text e impressa pela Gráfica Bartira em
ofsete sobre papel Pólen Natural da Suzano S.A.

A marca FSC® é a garantia de que a madeira utilizada na fabricação do papel deste livro provém de florestas que foram gerenciadas de maneira ambientalmente correta, socialmente justa e economicamente viável, além de outras fontes de origem controlada.